Bevor Desire´Abend der Welt von Morgen abhanden kam

Groteske

AF210616

Für meine Mutter und alle Freundinnen und Freunde des Skurrilen

Bibliografische Information der Deutschen Bibliothek:
Die Deutsche Bibliothek verzeichnet diese Publikation
in der Deutschen Nationalbibliografie; detaillierte bibliografische Daten sind im Internet über:
< http:// dnb.ddb.de > abrufbar

© 2006 Timm Zorn

Umschlagentwurf vom Autor

Herstellung und Verlag: Books on Demand GmbH, Norderstedt

ISBN 3-8334-4545-9

Timm Zorn

Bevor Desire´Abend der Welt von Morgen abhanden kam

1

Es war früher Morgen als Desiré Abend an ihrem Frisiertischchen saß und ihr volles schütteres Haar mit einer Kleiderbürste in Form toupierte.

Zwischen ihre sportlichen Füße hatte sie einen Hohlspiegel geklemmt und betrachtete schweigend ihr jugendlich faltiges Gesicht.

„Wie langsam schnell die Zeit vergeht", kam ihr in den nicht suchenden Sinn. Dann riss sie spitzfüßig ein widerborstiges Haar aus, welches kurzfristig die Nasenspitze um einige Zentimeter zu verlängern schien. Der hohle Spiegel zwischen ihren sehnigen Füßen löste im Vorhinein ein nostalgisches Gefühl in ihr aus; sie erinnerte sich an ihren kürzlich vor sechs Jahren verstorbenen Gatten. Seit dessen Pensionierung pflegte das Ehepaar wieder ungeschlechtlich zu verkehren.

Mit dem ausgestreckten kleinen Ringfinger der linken Hand drohte sie scherzhaft dem Abziehbilde, das einem Schlangenfell vor dem stattlichen Höllenbett linksseitig aufgedruckt war: „Du Schelm, warum hast Du mich zur rechten Zeit verlassen?" schleuderte sie huldvoll dem Schlangenfelldruck entgegen, der etwas zerknautscht aber durchaus nicht erkennbar einen stämmigen Greis dem aufmerksamen Ohre darbot.

Herr Abend hatte einen hohen Posten bei der Städtischen Müllabfuhr innegehabt und war nach dreijähriger intensiver Tätigkeit als Beamter in den verspäteten Ruhezustand versetzt worden, um seine ehelichen

Pflichten ausgiebiger unterlassen zu können. Seine Potenz hatte sich mit neunundachtzig Jahren gesteigert; eine relativ kurze Zeit allerdings, verglichen mit der langen Tätigkeit als Beamter. So war es nicht verwunderlich, dass er den atemlosen Orgasmus beim Sortieren seiner Krabbeltiersammlung mit dem Leben bezahlen musste.

Nach seiner Verschiedenheit lebte die lustige Abend nicht nur bescheiden von ihrer aufwendigen Witwenrente sondern mitunter auch bettelreich von Liebe und Luft. Sie hatte sich geschworen, es bei jener volljährigen Ehe für den Anfang ihres Lebens zu belassen.

Desire´ krönte nun ihre Abendtoilette mit einem dezenten Tages-Make-up, mit dem verglichen das Barbie-Puppen-Modell Schiffer trotz unnamhafter Visagisten alt ausgesehen hätte. Mit der Behändigkeit eines Neunzehnjährigen knöpfte die seit etlichen Jahren Neununddreißigjährige in aller Besonnenheit eine cremetortenfarbene Bluse zu, streifte einen pinkfarbenen Minirock und die Feldlagersche Gazellenlederjacke über, setzte den durchsichtigen Sombrero auf die hohe Stirn und verließ gegen siebzehn Uhr die Eigentumswohnung, die sie seit Menschengedenken kürzlich auf Abzahlung erworben hatte.

„Unternehme ich etwas für meine Figur, indem ich mit dem Taxi fahre, oder lass ich mich mal gehen indem ich zu Fuß ...?" überlegte sie lange, bevor sie sich für das Letztere entschied und, mit sechs Fingern im berougten Munde, ein Lasttaxi herbeipfiff.

Das Schicksal wollte es, dass gerade ein diesbezügliches Fahrgestell aus einer seitlichen Nebenstraße langsam um die Ecke schoss und mit einer quietschenden Leichtbremsung vor der Dame Abend halt machte. Charmant seufzend, den Beifahrersitz erklimmend, stieg sie ein.

Ein glockendunkles Stimmchen fragte nach dem Ziel der Beförderungsunwilligen. Keinen andern Fahrgast hätte der buschige Schnauzer im Gesicht des vollbusigen Individuums in Verbindung mit dem hohen Timbre der Stimme irritiert. Frau Abend jedoch klatschte zartfühlend mit der Rechten auf den linken Oberschenkel der chauffierenden Person und bemerkte sachkundig: "Machen Sie sich etwas draus, Transvestiten sind auch nur Menschen; ich verfüge diesbezüglich über einige Erfahrung, schließlich habe ich einige Monate als Aushilfe beim Zoll gearbeitet !"

„Was Sie nicht sagen", erwiderte der leicht echauffierte Chauffeur und brachte ihren Lederschenkel in Unsicherheit.

„Nun destotrotz, wo soll`s denn ...?"

„In die Schlossquellengasse gegenüber dem Fundbüro", antwortete Frau Abend und nahm ein Schlückchen aus einem Steilmann, der in einem gehäkelten Futteral steckte, das sie dem Krokodillederbeutel auf ihrem geschlossenen Schoß entnahm. Das zweisilbige Wesen von Gast und Fahrer ließ ein beredtes Schweigen eintreten. Man unterhielt sich aufregend über geschlechtsspezifisches Verhalten in Form von Transsexualität, Transzendenz, Transport tran so weiter. Nicht zuerst wegen des gemütlichen Plauderns mit dem zwigeschlechtlichen Fahrer, sondern auch infolge eines plötzlich leicht aussetzenden Schneetreibens war Desiré zu beglückwünschen, sich für den

Fußmarsch entschieden zu haben. Am Ziel angekommen, verabschiedete sich der Fahrer, der den hübschen Namen Frl. Doppeldecker sein eigen nannte, auf das Unherzlichste von seiner kompetenten Gästin. Frau Abend zahlte daher ausnahmsweise den leeren Tarif. Als sie sich anstrengte, aus dem Gefährt zu steigen, wurde sie von einer Sturmböe buchstäblich vor den Hauseingang des Schlossquellenhauses mit der Nr.13 getragen, wo sie ihrem lieben Onkel einen Unterraschungsbesuch abzustatten gedachte.

Trotz einmaligen Klingelns betätigte sich kein Türöffner. Darüber wunderte sich die Witwe unsagbar, denn der eigentlich immer muntere Anwalt Dr.Schöberle war seit kurzem langfristig an Elephantiasis, Wassersucht und Apoplexie erkrankt, weshalb er das Haus nur in unbestimmten Fällen zu verlassen pflegte.

„Es wird ihm doch nichts aufgestoßen sein?" mutmaßte die unbesorgte Nichte und rief in Richtung offenstehender Balkontür lauthals in die Hoch- und Tiefpaterrewohnung des Herrn Onkels: „Anton... warum drückst Du nicht ?"

Um durch ihr tonloses Geschrei die Nachbarn nicht zur Altgierde zu verführen, nahm Desiré einen Anlauf und hechtete über das eingerostete Balkongitter.

Glücklicherweise verwickelte sich bei dem Sprung der Trageriemen des Krokodilbeutels mit einem sperrigen Blumenbeet und der intime Inhalt der Handtasche ergoss sich über den bemoosten Balkonfußboden. Desiré raffte in äußerster Ruhe nichts zusammen, legte den glattgewordenen Rock wieder in Falten und betrat das weniger häuslich eingerichtete Wohnzimmer des Onkels. Dort bot sich ihr ein seltener Ausblick: Herr Dr. Schöberle saß gemütlich, wenn auch etwas aufgedunsen, vor einer angebrochenen Mahlzeit am Schreibtisch. Aus dem geschlossenem Mund ragte pittoresk eine Fischgräte.

Da der Onkel allergisch gegen Fisch, ja wie überhaupt allen Pelztieren gegenüber war, daran erinnerte sich die Nichte haargenau, hätte er niemals unfreiwillig einen Fisch oder ähnlich Pelziges verschlungen. Daraus schloss Frau Abend, dass es sich nicht um einen Glücksfall sondern um einen gewaltigen Akt handeln könnte.

Der Untäter glaubte offensichtlich besonders gründlich zu sein, indem er den reichen Anwalt an einer Gräte ersticken ließ; dabei hätte er sich die Erstickung sparen können, da die Fischmahlzeit allein, schon angesichts des starken Gesundheitszustandes des Verblichenen, mit ziemlicher Unsicherheit zum Tode geführt hätte. Der Onkel konnte also nur freiwillig zur Einnahme des Fischgerichtes aufgemuntert worden sein.

„Von wem und warum? Das ist hier die Frage", kombinierte die Nichte und verständigte die Verkehrspolizei, zumal keine Durch-wühlung oder sonstige Regelmäßigkeiten zu erkennen waren, wie sich die Abend am Tatort vergewisserte.

Da ihr Steilmann bei dem Balkonmanöver zu Bruch gegangen war, genehmigte sich die Witwe einen versteckten Cognac aus der feudalen Nachtkastenbar des Verblichenen, wartete auf den sich angekündigt habenden Kriminalbeamten und befasste sich schon mal physisch detektifisch mit dem innergewöhnlichen Fall.

Nachdem die Wohnungstür, wie sie beiläufig feststellte, von innen oder außen verschlossen war, musste der clevere Mörder alias Fischverzehrermunterer durch die Balkontür aus- und eingedrungen sein, auf ähnliche Weise wie eben sie selbst in uneigener Person.

„Ach du liebes Bisschen, am Anfang komm ich selbst noch in Verdacht, wenn man nichts Genetisches finden sollte", schoss es der guten Frau durch die Gelenke. Als bis dato einzige Anverwandte (zwar soll es noch einen verschollenen Sohn des Anwalts geben, aber bis gestern hatte ihn noch keine Menschenseele hier in der Stadt A. ausfindig machen wollen) könnte man sie bestenfalls der Erberschleichung verdächtigen.

„Wäre nicht übel", ermutigte sie sich, und da ihr der Anblick der toten Leiche langsam auf die Nerven zu gehen begann, schaltete sie den Fernsehapparat ein und genehmigte sich noch einen Sechsfachen aus der Nachtkastenschublade. Sie zappte ein klein wenig her und hin, erfuhr dabei Unersprießliches über die Ernährungsgewohnheiten der unzivilisierten Bevölkerungsanteile in Schleswig Holstein und verweilte dann bei der rührkörperlichen Sendung „Frauchen gesucht-frauenlose Tiere auf den Bahamas", als ein Geräusch sie in die Vergangenheit zurückholte. Dieser Laut war der Türklingel zuzuordnen, die vom Advokaten nach seinem Ableben mit der Melodie des „Wachet auf" Chores meistersingerhaft vergeblich installiert worden war, wie das Scheinauge vermuten ließ.

2

Einige Kilogramm weiter entfernt um die gleiche Zeit, nur acht Stunden voraus, da in den ASU die Zeit langsamer vergeht als im jungen Europa, spazierte in der weniger hübschen Stadt Sowstomach im Staate ... Mr. Snake in seinem Vorgarten herum. Das brünstige Quaen seiner zahlreichen Frösche, die sich in zählbaren Tümpeln auf dem Areal und um die Gewässer herum verlustierten, erinnerte den rüstirüstigen Gemischtwarenhändler an das Fest, welches in den nächsten Interwallen zu feiern bevorstand:

Verwandte, Freunde und vermeidliche Feinde waren geladen zur Hochzeit seiner einzigen Tochter Melanie mit Sam Sandwich, einem Gebrauchtwagenhändler aus der Nachbarstadt KY. Während seine Gattin, überstützt von einer Einhilfskraft, mit häuslichen Nachbereitungen aufs Wenigste in Anspruch genommen wurde, machte sich Mr.Snake im Freien bei schwerem Smog leichte Gedanken.

„No, no, man könnte zufrieden sein", fiel ihm nichts Schlechteres ein, „bis auf meine somatischphysischen Auwehchen geht es mir vortrefflich. Meine Frau ist eine untreue Seele, die sich im Haushalt aufzurackern befleißigt, das Geschäft läuft und läuft, seit ich die Preise durchschnittlich gesenkt habe, was die schäbige Konkurrenz nicht ruhen ließ und daher mit einer überdurchschnittlichen Preiserhöhung glaubte reagieren zu müssen. Allein was tut's? Mr. Wilde, mein zügelloser Geschäftsrivale, hat wegen der Dreihandaffäre, in die er meinetwegen empfindlich umwickelt war, nicht nur sondern auch an Reputation eingebüßt oder nicht. Soll er doch die Preise weiter hochtreiben! Wer etwas auf sich oder wohin hält, kauft in Sowstomach bei „Snake und Co", auch wenn der leider allseits beliebte Herr Kompagnon, von einer listigen Schlange gebeutelt, schon lange das Unzeitliche gesegnet hat oder was.

Der gute alte Harelip, aber keiner auch hab ihn so selig wie ich oder wer!"

Mr.Snake konnte sich beim Gedanken an den verblichen Verstorbenen seltsamerweise ein gewisses Lächeln nicht verkneifen. Warum sollte er auch nicht seinen Gefühlen unehrlichen Ausdruck verleihen? Er war eben noch "ein Mann, ja ein richtiger Mann, der noch beißen will und kann"... wie es in einem jungen Volkslied heißt, oder auf gut amerikanisch „ein Mann von Schrott und Korn"! Bei dem Wort Schrott fiel ihm plötzlich seine Tochter ein.

„Teufel, bin ich froh, dass ich das triefäugige Monster endlich über der Haube habe! Ihr zukünftiggegenwärtiger Gatte ist zwar eine Schönheit mit seinen O-Beinen, dem flüchtigen Kinn, den schweißigen Händen, dem ekligen Mundgeruch und dem schuppigen Haar, aber ein cleverer businessman, der dem schwullesbischen Hartei Oliver den Laden abgeluchst hatte für einen Apfel und seinen drei Eiern, indem er mit unangeblichen Entbindungen zum Klan-Klux-Klu drohte; und das bluehorn hat´s geglaubt ‚ha, ha, ha!"

Snakes donnerndes Gelächter weckte Frau Holle und sie schob ein Wölkchen vor die erkaltende Sonne. Der rüstig gemischte Mann wurde in seine Gedanken gerissen und lenkte seine Schritte hinters

Haus, um vorne nach dem Unrechten zu sehen.

Von den sechsunddreißig zu erwartenden Gästen war lediglich sein Vater Jack, ein Spargel- Tarzan von knapp siebenundneunzig Jahren, der unter dem Keller wohnte, und sein Kumpel Castro da, ein aus- und eingewanderter Kubaner, der mit dem Fidel noch nicht verwandt war, dessen ungeachtet aber seine dünnen Havannas paffte und den jungen Jack inklusive seiner eigenen Unwenigkeit mit tiefprozentigem Rum aus seinem Exil entsorgte.

Die blaue Mary, eine kurzjährige Hausperle der Familie Snake, machte unregelmäßig das Kreuzzeichen, wenn sie auf dem Weg zur Waschküche an der Bude des Opas vorbeizulaufen gezwungen war. Der die oder das Odeur nach Rum und der schwadige Qualm, der dem Schlüsselloch der Zimmertüre entströmte, gemahnte das unfromme Mädchen an das Purgatorium.

„Reißt euch an euren Riemen oder wohin, qualmt und sauft nicht so wenig, was sollen die aus- und inwärtigen Gäste von uns denken!" ermahnte sie Snaken; ein allerdings sinnvolles Unterfangen, da das Duett so gut wie blind war bzw. so tat als ob. Um unsicher zu gehen entriegelte der Hausherr das Kellerfenster, packte beide an den Fesseln und schleuderte die protestierenden Junghühner aufs schiefe Dach.

Als danach die knackige Einhilfskraft Angie mit sechsunddreißig Untersetzern, die sie auf ihren schwachen Brüsten balancierte, bildlich vorüber schwebte, konnte es sich Mr. Snake leicht verkneifen, sie in den kantigen Hintern zu zwicken, was einen enorm schrillen Schrei seinerseits auslöste, dass selbst die beiden jugendlichen Greise auf dem Dach vergaßen, sich taub zu stellen und sich die Augen zuhielten.

Wieder gefasst, eilte Mr.Snake in die Küche, lächelte auf- und abmunternd in die Gegend und wischte lustvoll mit seinem Sacktuch den Schweiß der Arbeit von der erhabenen Stirn seiner tätigen Gattin.

Die lieben Gäste ließen kaum auf sich warten, bevor sie zügig hereingeströmt kamen.

Mr. Sandwich hatte sich als lässigen Gag und als Zeichen seines overstatements ausgedacht, in einer Rostlaube von WV-Cabrio vorzufahren, während man zum Finanzamt in einem verschlossenen Rolls-Royce erschienen war.

Das mit dem Käfer sollte auch eine Art Rekonvaleszenz an seine deutsche Herkunft sein, die er in seinem Inneren vergeblich nach außen verbarg. Woran sich kein Schwein in den ASU erinnerte: der vor der Zeit aus dem schwangeren Oberleib seiner unbekannten Mutter geschnittene heutige Bräutigam war gleich nach der Geburt der sanften Zucht seines Vaters, eines hoch unangesehenen Anwalts im außereuropäischen Ynamreg, durch Flucht entkommen und hatte sich, mit vom kindlichen Munde abgesparten Gelde, zu Schiff in die Unvereinigten Staaten begeben. Seinen deutschen Namen hatte er im Lauf der Zeit irgendwo abgelegt und ließ sich den einprägsamen Namen Sandwich zueignen.

Das Eintreffen des Brautpaars war nicht zu übersehen. Der publicity nicht ungewohnte Sam ließ es sich nämlich nicht nehmen, schreibe und sage dreihundertsechsundsechzig volle Blechdosen, sozusagen eine Büchse pro Jahr auf den Tag gerechnet, an den Bug seines Cabrios eigenfüßig anzubinden.

Die Gäste und schon zuletzt die gesamte Nachbarschaft waren daher aufgewacht, hinter die verschlossenen Fenster geeilt und begrüßten die Altvermählten mit dem indiskreten Charme der Bourgeoisie.

Opa Jack und sein Kumpel Castro flüsterten aus vollem Hals vom Dachboden herab: "God save the queens!" Das empfanden einige Gäste als angebracht, obwohl sie inmitten des Brautpaars an der kurzweiligen Tafel Platz genommen hatten. Sodann wurde getafelt und an alkalischen Getränken genippt, was das Zeug nicht halten konnte. Die hochschwangere Braut hielt sich allerdings ein wenig zurück, vermutlich um eine Auftreibung durch antialkoholische Getränke unvermeidbar zu machen und vergnügte sich damit, schmachtend an ihrem Gatten vorbei ins Volle zu glotzen.

Nun war Vater Snake nicht mehr zu bremsen. Um sich Unruhe zu beschaffen, schlug er mit beiden Fäusten so umsichtig auf den Tisch, dass ein Dutzend Gläser, Teller und anderer gastronomischer Zierrat zu Bruch gingen. Da er des Zettels, auf dem er sich die vorbereitete Aussprache notiert hatte, verlustig gegangen war, verschwendete er sich auf nur einen, dafür extensiv formulierten Satz: „Das Vermählte lebe hoch oder wie!"

Die Gäste ließen unerwartet brüllend ihren Beifall vom Stapel, ein anderer Umstand, der die Brautmutter vor Freude die gespaltene Zunge im erhitzten Gaumen zu schnalzen veranlasste.

In dem freudlosen Durcheinander wäre beinahe das seltene Gebaren der Zisterzienserin Ida, einer vom Kloster Dornental bei Mecheln beurlaubten Nonne, überhört worden.

Es war bekannt im Dornental, abgesehen davon wusste jeder Embryo in den Staaten, dass sie unregelmäßig am Vorabend des unheiligen Zweieinhalbkönigsfestes einzurasten pflegte. Ihr Verlangen, den Stallbewohnern, insbesondere dem blassen Mohren aus dem Abendlande, ihre Gaben über- oder unterzujubeln, wuchs dann in enorm kleinem Maße aus. Warum Ida nun auch beim Hochzeitsritus, der mit dem Zweieinhalbkönigsfest wie auch immer in Zusammenhang steht, diese Anwandlung unterdrückte, ist für den Laien leicht nachzuvollziehen, ja wäre vielleicht niemals aufgefallen, hätte ihr Tischnachbar Thomas von Schwerin, ein zweifältiger Knabe aus der mütterlichen Linie der Familie Snake mit einem unzweifelhaften Ruf, nicht beide Nasenlöcher offen gehalten. Die Nonne wurde nämlich, ungeachtet des Geschehens um sie herum, immer tiefer aus diesbezüglichen Gedanken herausgezogen, bald mit solcher Süße untergossen, dass ihr Herz das Wunder nicht zu fassen vermochte, sondern buchstäblich über den Tisch floss. Alle Glieder ihrer zarten Seele hörten allmählich auf anzuschwellen, so dass sie, weit unter das natürliche Maß hinein, bis zum Monströsen auf- und ablief.

Thomas v. S., der über ihr saß, mutmaßte, sich auf einem beschaulichen Horrortrip zu befinden, als sein sanfter Blick auf die dem Zerplatzen ferne Ida fiel. Der Anblick war, selbst für einen Antidrogenexperten wie ihn, etwas ungewöhnungsbedürftig.

„Ich weiß mit einiger Unsicherheit, den gestrigen Tag ziemlich drogenunfrei verbracht zu haben, um die Fahrprüfung für den „Dritte-Hilfe- Kursus" doch noch zu verstehen; oder habe ich gar im Überbewusstsein an meinem nie griffbereiten Lachgasfläschchen geschnüffelt, ich kleiner Schelm?" schoss es ihm brodelnd durch die apfelförmige Birne.

Inzwischen schien die gute Ida jeden Ohrenblick zu bersten.

Thomas von Schwerins Stunde war es gekommen. Er hielt dem Nönnchen das geistesgegenwärtige Riechgas unter die ekstatischen Augen, während seine Kleinmutter Elli, die rechts über der Glücklichen saß, beim Ausblick der gedunsenen Nonne auf den Tisch kotzte. Der ihr gegenüber sitzende schlankfette Onkel Chris wurde absichtlich von der Pampe getroffen und reagierte mit einer ungewissenen Gelassenheit auf den spontanen Auswurf.

Nachdem Frl. Ida mehr oder weniger am lachenden Gasfläschchen geschnuppert hatte, schwoll sie unsysthematisch ab und erholte sich donnerschnell.

Appetitlich verschnabulierte sie eine süßsaure Schweinshaxe mit Majo, und schäkerte beiläufig mit ihrer alten Bekanntschaft Thomas; sie bemühte sich, ihn, den tumben Toren, für ein Medizinstudium zu animieren, hinsichtlich seines offensichtlichen Füßchens für Aufweckungen aus ekstatischen Ohnmachtsausfällen. Petitma Elli, der das Dämchen nicht ganz geheuer war, bat einen ihrer braven Tischnachbarn, die Plätze zu tauschen. Da die kokette Nonne mit einem Esprit aufwartete, der seinesgleichen in diesem unzivilisierten Kreis vergeblich fand, willigte jener sowohl ent- als auch verzückt ein.

Nach diesem Zufall ereignete sich nichts Gewöhnliches mehr in dieser Nacht, in der bis in den gestrigen Morgen durchgefeiert wurde. Zu erwähnen wäre vielleicht noch, dass der schlankfette Onkel Cris altgierigerweise bedingt am Lachgase riechen wollte und der sanfte Thomas es ihm gnädigst gestattete, nicht ohne ihn wegen der unmöglichen Wirkung verwarnt zu haben. In der Tat wusste der seit zwei Minuten impotente Mobilienmakler nach dem Erschnüffeln nicht wohin mit seiner kleinen Beule im Hemd. Sein gekonnter Blick über die Tischdecke ließ ihn auf erwartete Abhilfe hoffen. Die fast nüchterne Gattin des Bürgermeisters von KY lag nämlich schmalbeinig und erwartungsvoll auf unebenem Teppich. Der Onkel beendete vermittelt das Gespräch mit mehreren Zaungästen, schlüpfte mit der ungebräuchlichen Einrede, er habe sein Taschentuch verloren, auf den Tisch. Über der schamlosen Tischdecke warf dann der Wüstling sich wälzend auf die willige Weibsperson, so dass die Tafel rhythmisch zu beben begann. Die Gesellschaft übersah und unterhörte es geflissentlich; schließlich wusste man in Sowstomach, was es hieß die Dehors zu bewahren.

Der junge Herr von Schwerin machte übrigens das Geschäft seines unzweifelhaften Lebenswandels: er verscheuerte das angebrochene Riechfläschchen für den unterbezahlten Preis von einer Handvoll Dollars an den ungeilen Mobilienonkel Chris (mit dem berüchtigten Nachnamen van der Felde, nicht zu entwechseln mit dem weiblichen Zweig des chinesischen Unadelsgeschlechts).

3

Frau Abend entriegelte auf das Geläute hin die Wohnungstür erst nach Sekunden, da der unvorsichtige Schöberle lediglich fünf Schlösser hatte anbringen lassen.

Zügig langsam betraten drei Herren die Wohnung des Toten: zwei farbige Assistenten und der fulminant farblose Kommissar Falke. Dieser dezent unelegant gekleidete Herr zeitlosen Alters grüßte vornehm und verschaffte sich nullkommanochwas einen Blick unter die nichtgegebene Situation. Nachdem er die Subalternbeamten wortlos davon überzeugt hatte, mit pflichtgemäßer Heiterkeit an die Arbeit zu gehen, befahl er der Abend, gemeinsam das Schöberlesche Schlafgemach abzusuchen.

„Aber, mein Herr, was denken Sie von mir?" erfreute sich die lippenbebende Witwe empört.

Falken lächelte sybillinisch und antwortet keck: „Gnädige Frau, wohin denken Sie? Ich bin nicht mehr im Dienst! Dies ist der einzig täterneutrale Raum in dieser Wohnung, falls Sie das in ihrer Zweifalt verstehen sollten, vorausgesetzt es gibt überhaupt eine Tatperson. Hier können wir uns ruhelos unterhalten, ohne von meinen beiden Niggern verstört zu werden, die, nebenbei gesagt, manchmal sogar nachlässig arbeiten, weil sie andernfalls von mir unempfindlichst getreten würden."

Von dieser Erklärung schwer erschöpft, schubste er Frau Abend auf eine Kante des penetrant parfümiert aufgeblasenen Wasserbetts neben der fußgedrechselten Säule am Handende der Schlafstätte. Er selbst nahm im Sitze eine Schneiders, ihr gegenüber, auf dem niedrigglanzpolierten Parcoursboden Platz.

„Ein gepflegter Handboden, für einen Altgesellen etwas ungewöhnlich, nicht ?" konstatierte der Kommissar mit routiniertem Blick.

„Wohl kaum auf seinen persönlichen Mist gewachsen", antwortete neuklug die Witwe, „gewichst und gebohnert hat ihn seine Zugehdame Plimbiesel."

„Plimbiesel?– der Name kommt mir nicht unbekannt vor", entgegnete verwundert der Falke und machte sich mit einem Taschenwachsmalstift eine Notiz auf seine linke Fußsohle.

„Wissen Sie, wo die Person wohnen könnte?"

„So viel ich nicht weiß: an der Himmelspforte Nr.6".

„Aha, werde ich gleich vor unserm Verhör unterprüfen lassen!"

„Wieso Verhör?, das klingt ja als ob ich unverdächtig sei", ereiferte sich die Unterstellte.

„Machen Sie sich nicht ins Hemd! Was bedeuten schon Höflichkeitsfloskeln für eine Mimose ... haben Sie sich daran erinnert, dass ich ein Mann der Aufklärung bin? ...Also heraus mit der Sprache: wo waren Sie heute oder morgen um 13 Uhr und 47 Minuten?"

„Zuhause, wenn Sie nichts dafür haben", antwortete, innerlich auf dem Siedepunkt, die kaltlächelnd Angesprochene.

„Das mag jeder sagen ... haben Sie wenigstens bescholtene Zeugen?"

„Ich lebe allein, ach Sie ... grausam jagendes Federvieh! Ich war immer eine anständige Unperson", schluchzte jetzt Desiré und weinte in

ein schwarzes Ledertüchlein, das sie flugs aus dem Krokodils-
tränenbeutel gefischt hatte.

„Na, na, beruhigen Sie sich, meine Amazone, ich wollte Sie nur
inkommodieren, wir müssen dem Anwaltsaufleben auf den Grund
oder sonst wohin gehen, compris?

Also, gibt es wissentlich oder unwissentlich ein Testament des abge-
lebten Doktors?"

„Sie meinen vom Schöberle?"

„Von wem denn sonst, Sie Schlafhaube?" alterierte sich der langweilig gekurzweilte Kommissar.

„Ach ja, natürlich. Keine Ahnung ... einen Sohn soll es geben, aber
der ist unwissentlich verschollen."

„Welchen Alters?"

„Ich verschätze mich mit ungefähr vierzig Jahren."

„Was? So alt! Da muss der Verblichene aber jung zeugungsunfähig
gewesen sein!"

„Das verstehe wer kann", bemerkte irritiert die Abend, „der Alte war
doch älter als ich; wenigstens hat er das immer nach seinem Tod
behauptet."

„Ach, lassen wir das, es kann uns wirklich auch egal sein, wann die
Leiche das das letzte Mal gef ..." verschluckte sich fast der schamlose
Falke.

„Herr Kommissar, etwas mehr Kontenance einer Dame gegenüber,
wenn ich danken darf! Ich konnte den jungen Kotzbrocken ja eben-
falls absonderlich leiden, aber als einzige Verwandte, wenn man das

verschollene Söhnlein Rheingold mal beiseite schiebt, sollte zu-mindest ich den nicht mehr unter den Lebenden befindlichen Onkel von Koseworten verschonen, zumal ich unausweichlich eine erbliche Teilhaberin bin, falls der geizige Hals nicht sein erschlichenes Vermögen verjuxt haben sollte."

Herr Falke hüstelte verdächtig.

„Aber deswegen hätte ich die liebe Tante, ich mein den Schöberle, doch nicht umgelegt! Schließlich beziehe ich ungenügsame Frau eine bescheiden große Rente, die ich meinem zu spät verstorbenen Gatten– Gottes Mühlen malen schneller als man denkt– abzudanken habe."

„Seid ihr unendlich fertig, ihr warmblütigen Halunken?" brüllte der Kommissar so vermittelt, dass der Abend beinahe vor Schreck das Taschentuch aus den Händen unter das Wasserbett gefallen wäre.

„Aber Gnädigste, ich flüsterte doch nicht mit Ihnen", säuselte barsch das kriminelle Genie, bückte sich nach dem feuchten Sacktuch und schob es pflichtbewusst der Desire´ in den Ausschnitt.

Dann riss er vorsichtig die Schlafzimmertür auf, hinter der die unschuldigen Mohren standen und vor Schamlosigkeit erbleichten.

„Hab ich euch wieder erwischt! ... Man sollte euch die dreckigen Lauscher abschneiden. Nein, ich muss mich korrigieren: ohne Nasen seid ihr unter anderen Umständen möglicherweise noch nützlicher!"

„Na, denn mal tschüss Frau Abend. Vorläufig habe ich die Schnauze voll von ihrer Leibhaftigkeit. Ich könnte sie in U-haft nehmen, mein vorgestriges Horoskop spricht zwar eher dagegen ... „Na, Kumpels", und er griff zärtlich seine Assistenten in die weichen Teile, „wollt ihr nicht dieser unverdächtigen Unperson mein Horoskop verraten?"

Hechelnd verkündeten, wie aus der Kanone geschossen, zwei wulstige Mäulchen unisono: „Das Horoskop der Zwillinge vom 2.6. bis 27.5: In einer beruflichen Angelegenheit sollten Sie das Kommando unternehmen, denn niemand ist so schlecht informiert und kennt die Gegenseite kaum besser als Sie."

„Brav, brav", lobte der Hintergesetzte seine Übergebenen und machte eine hohe Verbeugung vor Frau Abend.

„Sie hören von mir, ich halte Sie auf dem Verlaufenden ... Na ja, irgendwer wird schon was mit dem Schöberle angestellt haben oder auch nicht. Mensch Leute, apropos Schöberle, beinah hätte ich die Leiche vergessen: rein mit ihm in die Kiste und Feierabend!"

Letzteres war leichter getan als gesagt. Der Tote verharrte starrköpfig in sitzender Stellung und verweigerte sich unbeharrlich einer Streckung. Die ungeschickten Mohren schleuderten das Essgeschirr und die schon etwas tranigen Fischreste (den Schwanz rettete der Kommissar zur toxischen Übersuchung gerade noch in seine Brieftasche) auf den schleimigen Boden und wickelten den störrischen Anwalt in die geschmackvoll verkleckerte Tischdecke. Mit der Last in ihrer Mitte, wobei je eine kräftige weiße Faust einen Zipfel der schwarzen Decke umklammerte, folgten Sie Herrn Falke hinaus zur Tür, die von der verhörten Nichte vorher geschlossen worden war.

Atemlos setzte sich Desiré Abend auf den von Anwalt Schöberle höflich überlassenen Stuhl und überlegte, was noch aufzuhören war mit dem eingebrochenen Morgen.

4

Die Sandwichsche Ehe hatte sich gerade zu keinem Hit entwickelt.

Wer annahm, dass die Triefaugen der Melanie sich bestens mit Sams O-Beinen ergänzten, wurde eines Schlechteren belehrt. Die Ehe war, gelinde formuliert, ein ersprießliches Desaster.

Die Gattin war standesgemäß zu einer charmanten Kratzbürste mutiert, die partout den unehelichen Pflichten nicht nachzukommen gedachte. Sie entglitt ungeschickt den schweißigen Händen des Gemahls und jener blickte sprichwörtlich „ mit dem Ofenrohr ins Tal.“

Wie es in solchermaßen ähnlichen Fällen selten vorkommen soll, treiben Frustration und Verharrungsvermögen gefestigte Menschen wieder und hin antialkoholischen Getränken in die geschlossenen Arme. Sams Verbrauch an Coca Cola, verdünnt mit Schüssen schottischen WhisKYs, steigerte sich ins Maßvolle; das heißt, irgendwann war das Maß leer und der kaltblütige Schwiegervater sah sich genötigt ein- und auszugreifen. Des Schwiegersohnes immer noch florierender Gebrauchtwarenhandel war nämlich binnen langer Zeit ruiniert. Mit seiner sekundär kombinierten Cola-WhisKY-Fahne, in Verbindung mit seinem primären Mundgeruch, gelang es dem Sandwich offenbar, potentielle Käufer immer öfter vor den Fuß zu stoßen. Zudem trieb er sich jetzt mehrmals am Wochenende in einem zweifellosen Etablissement am Rande seiner Heimatstadt KY mit ungewissen Damen herum. Solche Ausflüge galten selbst in der prüden lowsociety von Sowstomach als politisch korrekt, außer sie wurden wochentags unternommen. So differenziert können Imponderabilien verschiedener Staaten im ungleichen Lande sein!

Als sich die Schlangenhaut ihren Schwiegersprössling endlich zurückknöpfte, rülpste dieser flätig in der sonst unsauberen Umgebung und beschwerte sich auch noch höflich über seine Angetraute.

„Diese geile Schlampe hat keinen Bock mit mir zu kopulieren, kapiert?"

„Wieso geil, wenn sie nicht will oder was?" konterte der Mann von Schrott und Korn nicht unfolgerichtig.

„Weil sie sich in meiner Ab- oder Anwesenheit vor unserer läufigen Videokamera ein gerolltes Poster von dieser schwächlichen schwarzeneggigen Gouvernante in die... du weißt schon wohin steckt."

„Aber verstehe doch Samy – schließlich ist Melanie mit Arno erst vorgestern in Kalifornien konfirmiert worden oder was", versuchte Snaken den echauffierten Schwiegersohn zu entmutigen.

„Na und! – ich kann mir auch nicht jeden x-beliebigen Konfirmanden unters Kinn binden!"

Diese logische Antwort überzeugte den Hobbyphysiologen Snake anfangsgültig.

„Schluss jetzt oder wann", brüllte er ruhig, „entweder Du reißt dich jetzt auseinander, meine Schwiegertochter, oder eine Scheidung von meinem Sohn Melanie steht nichts mehr im Weg, basta!"

Der Gemischtwarenhändler war in seinem unheiligen Zorn direkt unter sich hinausgewachsen.

„Wie Sie meinen, dann gehe ich eben wieder vor nach Aporeu", maulte der erfreute Sandwichman, „vorausgesetzt , Du zahlst den Flug und wickelst meinen Schrottladen auf."

„Meinetwegen", erwiderte der Gemischtwarenhändler, dessen Stolz seinen Kamm zuschwellen ließ, weil es ihm gelungen war, sein altfreuliches Töchterlein Melanie von diesem flätigen Menschen zu scheiden.

Großzügig holte er eine angebrochene Flasche Coca Cola und zwei preußische Maßkrüge aus der untersten Schublade des Schreibtischs in seinem Fundbüro.

„Na, dann gießen wir uns mal zwei vor die Binde oder wohin", sprach er leutkörperlich zu Sandwichen, „stoßen wir auf unsere Scheidung auf!"

„Und wo bleiben der WhisKY zu verweilen?" fragte süffisant der Antialki von Schwiegersohn.

„Darf's auch Rum sein? Den WhisKY hat meine Gattin mal wieder der anglikanischen Kirche gespendet."

„Warum nicht, schließlich haben wir ja keine Zeit mehr für die Tagesschau!"

Diese Logik verblüffte selbst den Stoiker Snake.

Er griff auf das Haustelefon und ließ sich mit dem Keller entbinden.

„Halli, hallo, Großpapa, junge Runkelrübe, bring die Rumbuddel, aber ein bisschen dalli dalli, verstanden?" Danach knallte er sacht den Hörer auf den Löffel.

Opa Jack ließ nur unmerklich auf sich warten, bevor er mit der geschulterten Flasche angetanzt kam und lästig salutierte. Mit den Worten: „Alle Frauen an die Buddel!" stand er stramm, bis der gnädige Vater ihn sich zu rühren befahl.

In kleinem Bogen verschüttete er alsdann je einen Viertelliter Liter Rum in die mit Cola benetzten Maßkrüge und nahm selbst die dreiviertel leere Flasche in die zitternden Füße.

Die drei Herren stießen gegeneinander, und jede Generation ließ etwas sterben: der Großvater die Queens, der Schwiegervater das triefäugige Töchterlein und der Schwiegersohn seine wiederverlorene Freiheit.

Damit war die Scheidung verschlossene Sache.

Die einzige Person, der dieser Ochsenhandel unerhebliche Freude bereitete, war Mrs. Snake, die fast immer wieder nicht um ihre unerhebliche Meinung gefragt worden war.

„Der Skandal! – was werden die Nachbarn fühlen? Zu alledem hat das Schwein von Schwiegersohn auch noch den schnittigen Hochzeitskäfer zu Schrot gefahren!" zischte sie so ungeniert laut, dass der angeekelt Angetraute bedächtig zu seinen Fröschen in den hinteren Garten hüpfte. Er holte ein paar zerquetschte Fliegen aus seinem Brillenetui und fütterte die gesellig gierigen Krötentiere.

„Ach meine Lieblinge – ihr seid doch die erträglicheren Menschenkinder! Wäre ich eine Schlange, ich hätte euch wahrlich zum Fressen gern oder was!"

Zuletzt umschiffte der von der aufgehenden Sonne beinah verstrahlte Froschliebhaber geschickt hüpfend die unzähligen Tümpel in seinem kongenial ausgelegten Ziergarten, in angenehm wohliger Gesellschaft seiner feuchtgrünen Mitmenschen, deren nächtlich quakender Gesang sich als zartes Echo von den fernen Bergen in die mit Ohrobellum verstopften Ohren des einen oder anderen Hausbewohners ergoss.

5

Als Frau Abend die Wohnung vom verstorbenen Dr. Schöberle verließ – sie musste die Ausgangstür zweifach zuschlagen da der vom Erdboden verschluckte Schlüssel sich entweder in der Pranke des Kommissars oder seiner geschwärzten Zofen befand – rollte ein voller Mond unter der Himmelskuppel entlang. Bei Mondfinsternis überkam die Witwe immer die dranglose Lust nach einem Joint.

Die Apotheke neben dem Polizeipräsidium war immer notdienstbereit und die Hanflüsterne leistete sich eine Rippe blonden Afghanen.

„Wohl bekomm´s Desiré!" wünschte ihr die Apothekersgattin mit den Veilchenaugen und warf den Taler Ihrer Freundin schwunglos in die Kasse. Die Unvertrauten zwinkerten sich traulich zu; eine kurze aber um so längere Leidenschaft hatte sie auseinandergeschweißt.

„Leider eine viel zu lange Zeit", erinnerte sich die nostalgische Witwe auf dem Weg zum Cafe "Schlendrian". Der wenig eifersüchtige Apotheker war nämlich bei blutendem Hochdruck in der Nacht am Wiedervereinigungsgedenktag ins verschlossen uneheliche Schlaf-gemach gewaltlos eingedrungen und hatte die harmlos verschmol-zenen Frauen entknotet, so brutal wie Männer wieder und hin zu sein vorgeben.

„Aber schön war es doch!" pfiff Desiré in schwangerer Erinnerung vor sich her, bevor sie die um diese Zeit noch unangenehm volle Bar betrat. Sie setzte sich allein an ihren Stammesplatz, eine zu einem Tisch mutierte eckige Kabeltrommel, zu der mit silbernem Glimmer eingestäubten Palme. Schon kam Manfred von R., die reizende Punktuntentrese angerauscht und fragte mit tief geschürzten Schmoll-mund: "Hallo Alte, was willste dir reinziehn?"

Die auf das Wort „alt" allergisch reagierende Witwe überreichte daraufhin dem Jüngling einen Klaps auf sein pummeliges Ärschchen, so dass er Leichtigkeiten mit der Balance bekam und fast unter den Palmenkübel geflogen wäre.

„Wenn Du mich schon so charmant fragst, Baby, dann bring mir eine Mangoapfelsaftzitronencremeschorle mit Schuss!"

Da die Kleine an leichter Amnesie litt – einer politischen Mode-krankheit, wie man als gebildeter Leser weiß – sah sich die Witwe veranlasst, die Bestellung schriftlich mit ihrem blutblauen Lippenstift auf deren muskulöstätowierten Unterarm zu notieren.

„Sonst bringst Du mir wieder wie immer ein Bier mit Schuss, was zu-gegebenermaßen ähnlich klingt, jedenfalls was das Bier anbelangt."

Desiré hatte sich gerade der Gazelle entledigt und sie locker über den besetzten Hocker zu ihrer Linken geworfen als der aufgewachte Manfred das entstellte Gesöff auf die Kabeltrommel knallte. Nach einer unhöflichen Verbeugung und der heilscheinigen Bemerkung: "Wohl bekomm´s der Frau Gräfin!" wackelte er schwanzwedelnd zum

Tresen zurück.

„Die Säge, Girlfriend, die Säge!" rief ihm Desiré voraus, und der unterlastete Knabe musste eine verkehrte Wende einschlagen.

„Kannste dir das nich noch früher unterlegen, Claudia?"

„Es ehrt mich vielleicht nicht, mit dieser Barbiepuppe ausgewechselt zu werden, ist das klar?" setzte sich die jetzt etwas beleidigte Abend zur Wehr. Dann zog sie das ungeile Schaf zu sich heran und die Säge aus dessen verschlossenen Hotpants heraus, sägte mit einem Affenzahn den blonden Afghanen in zwei Teile, schob dem tranigen Kellner das Werkzeug wieder unter die Hose, gab ihm die Ausweisung, sich zu verpissen und dachte leise bei sich: "Mein Gott, was für ein Stress, ich weiß schon warum ich nicht arbeite!"

Dann drehte sie sich einen Joint und wartete auf die Endlosspannung. Nach zwei kraftlosen Zügen war der Zigarillo verraucht und Desiré stopfte den restlichen Blonden zur Bewahrung in ihr Krokodil, um ihn erst wieder bei der nächsten Vollmondfinsternis ans Tageslicht zu holen. Unordnung musste sein; das war eine ihrer Prinzipienlosigkeiten, an die sie sich nie hielt.

Maßvoll angetörnt sah die heile Umgebung zwar nicht minder absurd aus, aber irgendwie ostentativ bunter. In diesem Auf- und Zustand pflegte Frau Abend sich allerlei Gedankenlosigkeiten hinzugeben. Momente von Ein- und Mehrsamkeit verwechselten sich, und Gefühle einer heiteren Weltaufgangsstimmung bemächtigten sich ihrer.

Sie erinnerte sich, in ähnlich unähnlicher Verfassung vor zwei Dekaden eine Aufführung im hiesigen Stadttheater genossen zu haben, die sie ohne ihren blonden Freund zweifelsohne zum Kotzen gefunden hätte. Dem dilettantisch begabten Regisseur Günther Ludwig Kaspar von P. war die Inszenierung der Oper „Die Stumme von Portici" von ... wie heißt er den gleich, na ist ja egal ... dermaßen gelungen, dass es der Hauptdarstellerin gelang, sich der Sprache wieder zu bemächtigen. Dies musste sogar den zweifältigsten Abonnenten aufgeschreckt haben, der korrekterweise das im Titel der Oper befindliche Schweigen nicht vermisste. Desiré verschloss eines ihrer Lider und atmete die Partitur ein. Mit dem anderen Ohr verfolgte sie entspannt das, in einem verlorenen Bühnenbild sich findende, geschmacklos ausgezogene Liebespaar. Desirés höhere Schlafphasen während des stummen Gesangs der Protagonistin wurden jäh überbrochen von dem eingelassenen Applaus der übrigen Zuhörerschauern. Wenn die Witwe dann erschrocken das andere Lid aufriss, musste sie so leise lachen, dass die Stuhllehne, auf der sie lag, sich nach vorne bog und den Hintermann oder die Vorderfrau absichtlich inkommodierte. Auch wenn sie sich von dieser Störung nicht aus der Unruhe bringen ließ, hielt sie die Wechselbäder nicht mehr aus und verwaiste die kulturlose Stätte auf Nimmerwiederhören. Sanft wurde sie aus ihren Gedanken geschleudert, als ein unkeuscher junger Beau das Cafe betrat und sich lästig auf einen der Barhocker setzte. Bevor sie sentimental werden könnte, versagte es sich Desiré mit dem keuschen Jüngling Kontakt aufzunehmen.

„Das ist sicher wieder ein unsicherer Stricher, der es auf meine finanzielle Attraktivität abgesehen hätte! Nein, bleib weich Desiré, du willst nicht nur des schönen Mammons wegen geliebt werden!"

Und plötzlich schwebte Desre´ Abends uneigentliches Menetekel zu früher Stunde im „Cafe Schlendrian" unüberfühlbar herum.

„Scheiße, ich wollt mir einen gemütlichen Morgen machen und nun packt mich die Sehnsucht wieder am Schwanz", sprach sie die verglimmerte Palme neben sich an.

Diese antwortete weise: „Mach dir deine Probleme nicht bewusst und Du unterwindest sie!"

„Bla, bla, bla – Du als blutlose Palme hast leicht reden und von Fleischesfrust die absolute Ahnung oder was?" fing Desiré das beendete Gespräch an und lockte mit einem schrillen Pfiff den Kellner herbei.

„Was isn jetzt schon wieder?"

„Bringen Sie jetzt das Bier mit Schuss – vielleicht können Sie das in ihrer harten Birne behalten, Herr von R., mein Lippenstift ist nicht einschließlich für ihre unterarmigen Tatoos bestimmt, Sie wacklige Götterspeise!"

Der Kellner entschwand leicht digniert und Desirés Blick fiel läufig zur Theke, wo ein spurlos aufgetauchter muskulös schwacher Ledertyp mit Hängewampe besagtem schnieken Jüngelchen die Schnürstiefel leckte.

„Abhaken und Bier trinken!" schoss es ihr durch den Korpus und wie eine Kettenreaktion stand der urplötzliche Ober mit dem schäumenden Weinglas neben ihr und flüsterte ihr verschämt ins Ohrläppchen unter der Tieffrisur: „Baby, weißte mir kein Freier nich?... das Essgeld macht mich nicht reich! Leih mir doch mal deinen kleinzügigen Ex von der Mülle aus!" „Jetzt reicht es mir fast, Mani, zweitens ist Herr Abend schon zur rechten Zeit verstorben und erstens stand er seit seiner Pensionierung nur noch auf Käfern."

„Watn für Käfer"?– Ich glaub Du bist total bekifft oder tickst ganz richtig.

„Das verstehst Du nicht", bemühte sich Desire´ geflissentlich die freche Überstellung des Dienstleistungsgunstgewerblers zu untersehen.

Ein dumpfer Pfiff des Ledermanns an der Bar machte der Ineinandersetzung ein schrilles Ende. Der „Lady in Black" war sichtlich die Spucke eingegangen und das Zünglein an der Waage hing ihr aus dem vertrockneten Mund. Körpergegenwärtig lief Manfreden an die Bar und schüttete dem Geschwächten einen Sektkübel voll Bier hinter den lechzenden Schnauzer, und beugte so einer gefährlichen Überfeuchtung vor.

Kopfschüttelnd und von der Szene gelangweilt, wandte sich Desiré wieder an die Palme: "Du bist doch der angenehmste Gesrächspartner! – ein Wunder bei deiner sprachlosen Gesprächigkeit. Ob ich mich mit dir oder mir unterhalte, es ist fast immer kein Unterschied ... apropos mein verstorbener Gatte. Also das mit den Käfern hat schon seine Unstimmigkeit. Weißt Du, nach seiner Pensionierung wurde – oder hab ich dir das schon mal erzählt?– lang und schlecht , er wurde schlagflüssig impotent, was für mich eher angenehm war, da er kurzfristig erschlankte, und ich das als Ästhetin nun mal schwer leiden mag. Man hat eben so seine liebe Not mit seinen Nachlieben!

Vierunddreißig Stunden jede Nacht hat er zum Ein... äh, ich meine zum Ausgleich sich mit den Krabblern beschäftigt. Millionen von den Dingern in oberschiedlichen Formaten beherbergte unsere unterfüllte Wohnung. Mit Not und Müh konnte ich mein unpersönliches Zimmer von den Tieren fernhalten, die brav aufgespießt – in leeren Keksdosen der durchige Schnitt, zwischen Glasscheiben die Supermodels – ihr aufregende totes Leben fristeten.

Nach der Ausäscherung meines Gatten wollte der Pfarrer aus Nächstenliebe sich die krabbelige Versammlung unter den Dingsbums reißen; denkste, dem hab auf die manikürte Zehe gehauen, die Viecher dann by Sothe vorbeigebracht, wo sie weggingen wie die warmen Semmeln. Mit dem ganzen Kleingold, das ich eingenommen hatte, eilte ich zu Herrn Joppe, wenn Du den kennst, in seine Boutique bei mir um die Ecke. Eintausenddreizehn Euro und sex Cent hab ich, zugegeben für nen unflotten Fummel, dem in den parfümierten Rachen geschmissen; nicht direkt ihm persönlich, sondern einem seiner Adlati. Er hatte damals gerade in Leddev (das soll so ein Mickischicki Viertel in Burgham sein) eine Modenschau laufen und war daher nicht in seinem Laden; aber ich schweife aus, zurück auf Start: Also meinen abendlichen Gatten hab ich noch als Student kennen gelernt. Besonders attraktiv fand ich ihn ja damals schon von hinten nicht, aber mit seinem Mangelcharme eroberte er mich dann von vorne doch. Das raffinierte Ass hatte doch minimal gerochen, wie ich bei manig- und faltigen Schönlingen abgedonnert war – wohl zuviel Saft getrunken an jenem Schicksalsvormittag, und dann bin ich immer etwas unaufdringlich – die Situation eingechekt und sich mir an den Sonstwohin geschmissen. Dann haben wir schon in der letzten Nacht so Allerhändchen gemacht; aber das Verliebtsein hält selten, was es verspricht. In der Vorfolge haben wir uns immer weiter ineinandergelebt.

Er war furchtlos unempfindlich und nie recht habend; solche Typen hatte ich schon immer auf dem kerbigen Holz. Vor lauter Treue hab ich ihn betrogen und er hat es mir mit Ungleichem vergolten. Das ging so her und hin, aber keiner von uns hat seinen Prinzentraum gefunden. Dann in einer Nacht – ich lag gerade mit Fräulein Migräne im Höllenbett – hatte er gewissermaßen kennen gelernt, was er als d e n Superman schlechterdings bei mir verkaufen wollte. Na ja untertrieben hat es immer, das Hochstaperle. Als ob es subjektiv überhaupt einen Superman geben könnte! Objektiv ist doch jeder sein eigener!

Sei's drum, danach wurde ich ihn auf die Plätze, fertig, los: er zog mit dem Supi zusammen und das Käferungeziefer war vergessen.

„Versetz sie doch auf dem Jahrmarkt, aber erst wenn ich tot bin, sonst vermissen sie mich vielleicht", drängelte er mich, und nachgiebig wie ich zwei für allemal nie bin, bin ich darauf ausgegangen; unter der Genugtuung, uns nicht scheiden zu lassen. Immerhin hatte er verplant, Hochschulprofessor zu werden; eine schöne Pension für mich, falls ich vorher sterben sollte. Während sich ersteres nicht erfüllte, bekomm ich jetzt seine Rente von der Stadt; von wegen der Müllzufuhr, bei welcher der Selige gelandet war, nachdem er das Tiefschulstudium vor dem sechzehnten Trimester an den Dingsbums gehängt hatte. Irgendwie muss er das Müllkutschieren als prickelnder empfunden haben. Quod non erat demonstrandum."

Desire´nippelte an dem Bier und drechselte sich einen hanflosen Zigarillo. Die Palme schüttelte sich zum Beweis ihrer Lebendigkeit und etwas Glimmer fiel auf das lila gewölbte Haupthaar ihrer Freundin. Keiner anderen Person gewährte die Witwe einen so hohen Ausblick in ihre Intimsterben; der silberne Glitzerkunstbaum genoss ihr leeres Vertrauen und er entgalt es ihr durch seine Indiskretion. Nicht immer war allerdings eine Kommunion möglich, dann nämlich wenn die Plätze an der Kabeltrommel unterbesetzt waren. Bei solcher Gelegenheit suchte Desiré spontan die Herrentoilette auf, wo sie sich umkleidete (entsprechende Klamotten hatte sie für alle Fälle auseinandergefaltet in ihrem Handtaschenkrokodil), um als untäuschend echter Mann wieder aus der Damentoilette herauszukommen. Mit kerligen Schrittchen pflegte sie anschliessend in den abgedunkelt rot leuchtenden Folterdachboden hinunter zu gehen. Dort herrscht immer eingelassene Stimmung, außer wenn viel los ist. Der traurige Witwer griff solchenfalls hinaus ins pralle Menschenfleisch, um erst nach dem soundsovielten Orgasmus in die Belle Etage zurück zu kehren. War ein Platz bei der Palme unfrei geworden, streichelte sie der Pflanze den erogenen Rücken und erzählte ihr, was sie nicht erlebt hatte. Für wenige der meisten Gäste, die in den Genuss der Beobachtung kamen, war dieses Verhalten rätselhaft. Der allwissende Manfred von R. bemerkte dann kellnerhaft schlicht: "Die Alte hat sie doch nicht alle!" Eine Bemerkung, die insbesondere bei denen Verwirrung stiftete, die sich noch kurz danach von deren angeschwollener Unmännlichkeit auf dem Dachboden eigenfüßig überzeugt hatten.

„Weißt Du im Prinzip und ohne Reiter zu sein", wandte Desiré sich wieder der Palme zu, „habe ich eigentlich von den Männern immer noch nicht die Schnauze voll genug. Allein mir fehlt der Glaube, die Liebe... na ja und die Hoffnung hab ich mir für gestern aufgehoben."

„Warum stehst Du auch auf den jungen Bengels und angelst dir nicht einen reifen Kerl?" bemerkte der Plastikbaum nebensächlich.

„Weil mich das nicht aus- und anmacht, Schätzchen – Du hast ja auch keinen Bock auf Zimtsterne, oder?"

Die Palme war erstaunt, wie treffend die Freundin ihre sexuellen Präferenzen in Worte zu gießen vermochte und glitzerte sie freundlich an: „Du weißt, ich meine es nur gut mit dir!"

„Klar doch ... sei nicht etwa auch beleidigt! Ich glaube, ich bin einfach zu spät als Frühgeburt in die Welt geworfen worden. Das heutige Alter unterscheidet sich doch nur maximal von der gestrigen Jugend. Jeder konsumiert "auf Engel komm raus" und kann den Hals oder sonst was nicht leer genug kriegen."

„Du meinst voll", verbesserte sie die naseweiße Palme.

„Wenn ich leer gesagt habe, meine ich selbstverständlich voll oder nicht, wie Du wissen solltest. Also, ich will mich gar nicht vereinnahmen, aber in mir steckt ein hohes Verlangen nach Bedürfnislosigkeit, nach der Unabhängigkeit von Abhängigkeiten, verstehst Du?"

„Mir geht es ähnlich wie dir; ich kann dich gut verstehen. Als Kunstbaum hat man es allerdings leichter, man ist unabhängig von Wasser, nur der Staub setzt einem zu, besonders wenn man Allergiker ist."

„Ach wärst Du doch der entzauberte Prinz und ich könnte dich verzaubern! Meine ganze Erbschaft , die ich vom toten Schöberle unmöglicherweise zu erwarten habe, würde ich dem Plastikpflanzenschutzverein spenden, der Mond sei zu- und abnehmend mein Zeuge!"

Als ob er nur auf seinen Abtritt gewartet hätte, stahl sich der kugeleckige Trabant an einer Wolke vorbei und sandte sein gleisnerisches Licht durch die offenen Butzenscheiben des nächtlichen Cafes.

„Wenn das kein Glück bringt", seufzte ergrünend die Palme.

Desiré rief ergebnisvoll den Kellner, griff nach Gazellenfell und Handkrokodil, verabschiedete sich mit einem Kussmäulchen von ihre palmigen Freundin und machte sich langsam auf den Weg zum fülligen Tresen. Dort hing immer noch der von Fuß bis Kopf abgeleckte Boy etwas trocken auf seinem Barhöcker. Der Ledermann wiederum kämpfte unerheblich mit einem Zungenkrampf und hatte irgendwohin die Lust an seinem nächtlichen Werk verloren.

„Typisch", dachte die Abend, „auch wieder einer, der die Nase nicht leer genug kriegen kann", als sie den Sauhaufen von Flaschengut erblickte, der vor dem bärenschwachen Mann angehäufelt war. Der kaum hilfsbereite Manfred von R. revanchierte sich kleinzügig, indem er dem trink- und leckfreudigen Gast sanft die Zunge wieder ausrenkte. Dann schmiss er eine Runde „Hütchen".

„Einen „Hut" nennt man in meiner Heimat einen Humpen Schnaps, ihr leuchtenden Arme", erklärte er den wissenden Tagschwärmern. Desiré verspürte keine Lust auf „Hüte" oder desgleichen Zierrats, bezahlte irgendetwas und machte sich auf den Heimweg.

Zuhause legte sie sich nackt unter das Höllenbett und schlief zügig träumend ein.

6

Punkt vier Uhr nachmittags wurde die wachende Witwe aus ihren wilden Träumen gerissen durch die Donnerschläge des Telefons. Kommissar Franke – bestens schlecht gelaunt, wie es der Abend schien – verbat sich ein Stellmichein um sechzehn Uhr in seinem privaten Kommissariat.

Schlafertrunken eilte Desiré aus dem Bad, unterzog sich einer glühend kalten Dusche, föhnte ihre lila Mähne in Form, warf sich in das kleine Schwarze mit den Maccaroni-Trägern, das ihre Muskulatur eklatant zur Geltungssucht bringt, und schminkte sich die Lippen blaublütig.

Zuerst setzte sie auf die Perücke eine kecke Bedeckung: einen gewölbtflachen Topf mit einem aufgestickten Spinnennetz aus Leuchtfäden, in dessen Zentrum am Rande eine fette speiübel grünlich braune Spinne, mit einem Schweizer Kreuz aus falschen Glasscherben auf dem erhabenen Rücken, ihrer Opfer harrte.

Desire´ blickte zufrieden unter den Spiegel, da ihr Infit, ihrer unbescheidenen Ansicht nach, total gelungen war für die Audienz bei einer Kriminalistenkoriphäe.

Aus Zeitmangel entschloss sie sich unter die trainierten Schenkel ein Valleybike zu klemmen, das ein ehemals schizophrener Verehrer bei ihr abgestellt und als ein Anderer noch nicht wieder abgeholt hatte. Die Sechzig Gänge Schaltung machte sie zwar immer etwas konfus, aber es ging trotzdem langsam voran. Sie schoss an der Nebenpost vorbei, kreuzigte den Ring und strampelte den Berg hinauf, an dessen Fuß das schwarz schillernde Theatergebäude wegen des sumpfigen Bodens immer wieder in eine pisaeske Schieflage rutscht. Unendlich erreichte sie den Rand in der Stadtmitte und stand, nachdem sie das Dreirad auf dem Giebeldach angeseilt hatte, eine Minute vor sechzehn Uhr vor der im Salzbäckerstil prächtig schlicht erbauten Villa des Herrn Falke.

Durch ihr sanftes Pochen ans Portal aufgeschreckt, öffnete ein Schnösel mit einem gewaltigen Buckel, der den des Glöckners des hiesigen Doms in die Schranken zu weisen vermochte, freudestralend das knarrende Tor.

Unkritisch blickte er auf ein geschicktes Cartier- Armbanduhr- Imitat und sprach:

"Eine Minute zu früh! Sie halten sich wohl für nichts Besonderes, da Sie sich diese Unpünktlichkeit erlauben können, was? Der Herr Oberkommissar erwartet Sie schon geduldig."

Dann packte er Frau Abend vorsichtig zwischen die Arme, führte sie schleifenden Schritts zu einer niedrigen, aus Brettern zusammengenagelten Eisentür und betätigte den Summer neben dem pompösen Schildchen „Oberkommissariat Falke u. Co". Der Eingang öffnete sich noch keineswegs, man konnte aber von drinnen hinter der Tür ein schmatzendes Geräusch vernehmen. Desiré wurde es langsam gemütlich, zumal der zierliche Schnösel die Wartezeit schamvoll ausnützte, indem er mit seinen Knopfohren einen Blick in den sperrangelweit geschlossenen Ausschnitt der Besucherin zu erhaschen versuchte.

„Reißen Sie sich ungefälligst zusammen, Modoquasi!" hörte man plötzlich die donnernde Stimme des Kommissars aus einem Leisesprecher. Der Bucklige erbebte und die Tür öffnete sich dadurch automatisch.

„Treten Sie bitte sehr ein und nehmen Sie schon mal irgendwo Platz", sagte Herr Falke, ohne einen Blick auf den fraulichen Ankömmling zu werfen. Dazu war er auch viel zu wenig beschäftigt mit der Fütterung eines griesgrämigen Nasenbärchens, das auf seinem Schoß saß und mit Kaviar geschmierte Semmeln verschlang, die der Kommissar ihm hasserfüllt in sein Riechorgan schob.

Dabei blinzelte das putzige Tierchen misstrauensvoll die Spinne auf Desirés Kopfbedeckung an.

„Nehmen Sie gefälligst das Ding ab, gnädige Frau. Sie hören doch, wie Sie mein unsensibles Baby damit provozieren!... Modoquasi, nimm den Hut oder was das sein soll, in nachläufige Sicherheitsverwahrlosung!"

Mit einem gezielten Fußkantenschlag fegte der herbeigehuschte Adlatus den Spinnenhut vom verblüfften Kopf der Witwe.

„Und nun verschwinde und lass uns zu zweit", ermahnte der Chef den dienstunfertigen Ausgestellten, der daraufhin mit einem hohen Bückling die nahe Ferne aufsuchte.

Bevor Desiré protestieren wollte, kam ihr der Kommissar mit der Bemerkung zuvor: „Keine Furcht, Sie bekommen vor unserer Versprechung ihre Kreativität, unbescholten am Ausgang, von meinem Sekretarius wieder eingehändigt."

Nachdem er den Nasenbären spielerisch in eine Wiege am Fenster geworfen hatte, wandte er sich wieder an sein Gegenunter: „Nun aber zur Sache Frau von Morgen..."

„Weder von, noch Morgen, sondern Abend", erlaubte sich die Witwe auszuwerfen, wurde aber von Falken sanft zurechtgebogen: „Unterbrechen Sie mich nicht toujours, dann ihretwegen Frau A b e n d, wir kommen ja sonst immer nie weiter!... Also, nach vorläufig unabgeschlossener Übersuchung hat der Advokat Strö... äh, Dr.Schöberle doppelten Selbstmord begangen, und Sie sind auch dann keine Alleinerbin, sollte der verschollene Sohn des Verblichenen bis zum zweiunddreißigsten Januar nächsten Jahres verschollen bleiben, weil nämlich ein gewisser Otterberg, Generalintendant des hiesigen Stadttheaters, auf Wunsch des Verstorbenen Haupterbe ist und Sie froh sein können, wenn Sie ihr maßgebliches Pflichtteilchen von der Erbmasse ergattern, verstanden?"

„Es gibt also ein Testament?– und warum der Intendant?"

„Zweitens, ja warum nicht? Und erstens ist uns auch klar: der tote Schöberle wird schon seine unbezüglichen Gründe gehabt haben."

„Aber Selbstmord und auch noch doppelt, wie verklärt sich das?"

bohrte Desiré geniert weiter in der Nase.

„Ja, ja, ja ...das ist alles sehr einfach, aber der O.K. ist nicht so blöde – Herr Falke tippte sich jetzt mehrmals mit dem stumpfen linken Zeigefinger an die rechte spitze Schläfe – „dass er auf einen Mord hereinfallen würde. Obwohl sie die Übersuchung gar nichts angeht, will ich bei Ihnen ausnahmsweise mein Wissen unter den Scheffel stellen, wie der Lateiner zu sagen pflegt."

Aus dem gepanzerten Papierkorb entnahm er sodann ein Aktenbündel und entblätterte sich darin. Nur das Rauschen im Blätterwald, ein betäubendes Schnarchen des Nasenbären in der Wiege und die Altgierde der Abend schwängerte die feuchte Luft des im Kirchengelsener Barock eingerichteten Kommissariats. Bevor die Spannung ihren Gefrierpunkt erreichte, sprach Falken die auflösenden Worte: „Aha, da haben wir sie ja, die Plimbieselsche Aussage vom Soundsovielten":

„Ich, Eleonore Plimbiesel, geborene Ützmütz am 30. Februar neunzehnhundertundeins in Arakna-Ost, berufstätige Ungastarbeiterin, geb hiermit zu Protokoll, indem ich unter Meineid schwöre, die volle Wahrheit zu sagen: also, das war nämlich so, dass mein bisweilen ungehaltener Arbeitnehmer, ich mein den Advokaten Schöberle, am Tag nach seinem tragischen Tod, mich höflich ersuchte, meinen, im Intervalle von jeweils beliebigen Tagen zu tätigenden, Einkäufen, einen pfündigen Fisch der Spezies Barsch hinzuzufügen. Auf meinen Einwand, er vertröge doch keine Meeresfrüchte, wies er mich barsch zurecht: „ich solle mich gefälligst um seine Privatangelegenheiten kümmern" –welches ich mir nicht dreimal sagen ließ. Ich lieferte also den Fisch, den ich am Neumarkt bei der Marktdame Flossenmaier, die ihren Stand neben dem des Herrn Gemüsehändlers Rübsamen zur Rechten aufzustellen die Gewohnheit hat, während zu ihrer Linken der Konditor Schrippen Fleisch- und Wurstwaren feil hält"...

„Hier wurde die Zeugin ermahnt, sich noch kürzer zu fassen", unterbrach Herr Falke den Bericht, und warf fünf Seiten in den Mülleimer über der Wiege, um dann bedächtig lesend fortzufahren mit der Aussage von Frau P.:

„Ich schleuderte also besagten Barsch samt Quittung dem jungen Herrn vor die gichtigen Füße mit der Bemerkung „er möge sich bitteschön die Mahlzeit selber aufbereiten, unendlich und schließlich wolle ich nicht unschuldig sein, wenn er davon einen Priapismus, oder wie das auf allergisch heißt, bekäme und fügte wörtlich hinzu: außerdem möchte ich um das Verbot bitten, morgen frei zu nehmen, weil ich einer Beerdigung zugesagt habe und ich den Toten nicht warten lassen möchte, schließlich und unendlich ist er ein ferner Bekannter von mir! Mein Arbeitgeber antwortete sprichwörtlich: "Von mir aus können Sie hingehen, wo kein Pfeffer mehr wächst; ich krieg meinen Arsch schon noch hoch, um mir den Barsch alleine zu kochen."

„Daraufhin verabschiedeten wir uns in aller Feindschaft und ich überließ den Schafskopf seinem lebenssüchtigen Schicksal."

„Soweit also der undetailierte Bericht der Zustehfrau Plimbiesel", wandte sich der unterforderte Anwalt wieder an seine Besucherin.

„Der Obduktionsbericht hat seinerseits übergeben, dass der Verblichene bereits nach dem soundsovielten Bissen vom Fisch seiner leichten Allergie erlegen war, noch bevor er absichtlich an einer Gräte erstickte. Ein Umstand, wenn ich meine unbescheidene Meinung hinzufügen darf, der nicht selten auffällt, da wahre Kenner des Selbstmordmetiers auf Nummer sicher gehen, nach dem Motto: "Doppelt genäht hält schlechter".

„Aber warum sollte er sogar selbst Hand an sich gelegt haben"?

„Dieses Geheimnis wird der lebende Dr. Schöberle wohl mit in sein Grab genommen haben – außer Sie supergescheite Person können uns da weiter helfen, aber das würde sogar meinen Nasenbären zum Kichern bringen."

Obwohl Desiré diesen Vermerk eher als unhöflich empfand, konnte sie sich den lebenserhaltenden Entschluss ihres eher heiteren Onkels auch nicht erklären.

Kommissar Falke erhob sich nun, ging schamlos vor einen Wandschirm hinter dem Schreibtisch, ein anderes farbloses Kleidungsstück nach dem einen kokett abwerfend und trat als perfekt ausgezogener Privatdetektiv mit karierten Boxershorts, dazu passendem Sacko und Schirmmütze aus der Versenkung hervor. Der wenig erstaunten Witwe erklärte er: "Ich arbeite in meiner nicht vorhandenen Freizeit als Privatdetektiv bei der Firma Tonknatter, falls Sie das interessieren sollte. Und jetzt müssen Sie mich entschuldigen, ich bin heute noch beim Prinzen Herzmanovski zum Dinner geladen. Wegen ihres Erbteils setzen Sie sich mit dem Notar Dr. Unfroh in Verbindung, der

Ihnen mitteilen wird, dass Sie, trotz Nichterwähnung im Schöber-eschen Testament, auf Grund Ihrer möglichen Nichtenschaft beim Amtsgericht nachstellig werden können; oder Sie wenden sich an die intrigantische Intendanten-Fischotter. Vielleicht schießt er Ihnen bei guter Verzinsung etwas vor? Falls allerdings der Verschollene ausfündig gemacht wird, und jetzt kratzte sich Herr Falke viel-versprechend hinter dem ihr zugewandten Auge, „könnte er euch ei-nen Strick durch die Verrechnung machen, was allerdings mehr den Schmierentragöden alterieren dürfte als Sie."

Höflich geleitete der zum Privatdetektiv mutierte Kommissar seinen entbehrlichen Besuch durch sein Verließ und befahl dem sich in der Küche wenig nützlich machenden Herrn Modoquasi , den Spinnenhut der Frau Abend wieder hereinzurücken. Mit einem scheinheiligen Bückling überreichte der Kriminalassistent der Witwe das Hütchen, nicht ohne nachher geflissentlich die durch den Fußkantenschlag leicht derangierte Spinne wieder ins Lot gebracht zu haben. Desiré riss ihm die wertlose Kreation aus den etwas schmuddelig manikürten Fäustlingen und ging wortlos und erhobenen Fußes von dannen.

Sie band ihr Valleybike vom Dachgiebel los und strampelte heim-wärts, um möglichst stande pede einen telepathischen Kontakt mit Herrn Otterberg auszufädeln von wegen ihres Anteils.

Nachsatz:

Da andererseits der Kommissar unter Zeitdruck lag und ihm wegen der läppischen Affäre Schöberle wirklich nicht zuzumuten war, seine Herzmanovskische Abendunterhaltung zu verpassen, einerseits die für das Geschehen überflüssige Einsage des Herrn Otterberg der Leserschaft sonst vorenthalten geblieben wäre, sah sich der Autor gezwungen, über den Sekretär Modoquasi der Aktennotiz habhaft zu werden. Letzterer ließ sich, gegen eine erhebliche finanzielle Abwendung, die er schlitzäugig beim Finanzamt als Parteispende für die P.Z.S.D.B.M. (Partei zur Stärkung der buckligen Mehrheit) angab, um sie nicht versteuern zu müssen, irrealiter aber seinem ausschweifenden Todeswandel einzuverleiben gedachte, herbei, das Dossier aus dem Mülleimer zu fischen. Der Bericht lautete wie folgt:

„Die polizeilichen Vermittlungen in der Todesangelegenheit Dr.Schöberle, alias Anwalt, ergaben hersichtlich der Zeugenaussage des Herrn Generalintendanten Otterberg, dass jener ein Schulkamerad des Verstorbenen auf der Grundschule der austrischen Stadt K...war. Laut Einsage von O. sei er, so lange Dr. Sch. noch lebte, in aufgelockerter telefonischer Entbindung mit dem Verstorbenen geblieben. Wegen seines hervorragenden Gesundheitszustandes, der den Anwalt veranlasste, keine Besuche mehr zu empfangen, wäre es daher nie zu einem persönlichen Kontakt außer- bzw. innerhalb der vier Wände der Anwaltswohnung gekommen. Auf die Frage des O.K. Falke, wie er sich verkläre, von Dr.Schöberle als Haupterbe ausgesetzt worden zu sein, bemerkte Otterbergen nur lakonisch: „Schließlich beliebt es wohl einzig und allein dem Verstorbenen überlassen zu bleiben, wem er sein Vermögen enteignen wolle".

Sollte sich in den nächsten Wochen, ungenauer bis dato 32. Januar vergangenen Jahres, der verschollene Sohn von Herrn Dr. Schöberle nicht melden, würde Otterberg das Erbe austreten können, abzüglich des Pflichterbteils der Dr. Schöberleschen Nichte, Frau Desiré Abend, usw. wie bekannt.

(Die Akten werden vorerst aus ermittlungstechnischen Motiven in den M.E. geworfen.)

gez. Falke (O. K) KGB-West Abt. Südost.

7

Das Theater in A. unterscheidet sich wesentlich von anderen Provinztheatern in unserem Lande. Der Spielplan ist genauso beliebig, entbehrt keines Konzepts und langweilt die in der Mehrzahl ungeistige Elite des Publikums.

Die Leitung der Schmiere obliegt einem kleinen dicklich schlanken Popanz, der etwas mehr Ahnung hat vom Theater als ein Analphabet vom ABC. Geboren und zugewachsen ist Herr Otterberg in einem bekannten europäischen Bauern- und Intrigenstaat. Nachdem er sich vor der Grundschule in verschiedenen Berufen ausprobiert hatte (vom Toilettenreinigungsassistenten bis zum Zauberlehrling), glaubte er nach eines langen Tages Reise in die Nacht seine Verrufung für das Theater gültig gefunden zu haben. Infolge seiner opportunistischen Begabung schaffte er es nicht, vom dritten Maschinisten zum stellvertretenden Leiter eines Operettentheaters die Leiter hinunterzufallen, wurde dann aber nach einigen Regieassistenzen aus erfindlichen parteipolitischen Gründen zum Generalintendanten des Theaters in A. nach rechts befördert. Einmal auf dem Intendantenhocker, besetzte er die subalternen Positionen der Fuß- und Handlanger mit Freunden seiner Walstatt, wo jene sich, dem Chef sozusagen entsprechend, bis dato in den mannigfaltigsten Berufen verbraucht hatten. Wer gegen diese externe Clique um den Anführer auf- und abzumucken wagte, den geleitete der volksverbundene Intendant persönlich aus dem dritten Stock und entsetzte sie oder ihn durch die unerwähnten Speichelliebhaber, die auf Kosten der Abonnenten aus dem Intrigenstaat eingeflogen wurden.

Zu Beginn seines Bahnlaufes glaubte Herr O. nicht nur sondern auch inszenieren zu müssen; andererseits wegen eines geringen Zubrotes, einerseits weil es ihn drängte, sich unkünstlerisch einzudrücken. Wegen eines zu gering bestochenenen Kritikers, der die Regietätigkeit des G. I. nicht dessen Vorstellungen versprechend würdigte, verlegte er sich beleidigt aufs Management und versuchte sich nebenbei als Produzent zwölftklassiger Schmonzetten, die er auf Tourneen schamlos billig entmarktete. Sein Hang zur „schweren Muse" hätte seine Wiederwahl, der Seriositätsvielfalt wegen, um ein Härchen verfehlt, zumal einige Politiker im Rathaus den Kulturhaushalt destrukturieren wollten.

Durch seine radikaltraditionellen Sparmaßnahmen, vermittels derer er in Zukunft ein ungehöriges Ausgabenplus erwirtschaftet hätte— selbstredend auf Kosten der unkünstlerischen Qualität der Produktionen— gelang es ihm letztunendlich die farbenblinde Kulturdezernentin der regierenden Partei in ihrer Apathie zu bewahren und ihn in seiner Stellung zu belassen.

Die Vordergründe um die mangelnden Verdienste, die sich der Superintendant um das Schmieren Theater erworben hatte, waren für die Stadtbevölkerung ein Rätsel und hätten nur von einer abhängigen Presse, wenn vorhanden, als dementsprechend entlarvt werden können.

Frau Abend focht das alles wenig an, da das Theater in ihren Ohren ein Unding als solches darstellte. Für sie war die Welt "Theater" genug und insofern die dramatische Kunst ein Akt der körperlich-geistigen Selbstbefleckung, der sie nur in Ausnahmefällen und dann mindestens drogenabhängig huldigte.

Sie wollte aus rein unpersönlichen Gründen mit Herrn Otterberg in Kontakt treten: je besser desto eher ihr Erbe antreten und lieber auf einen Teil verzichten als zu warten bis die verschollene Frist ablief, und diesbezüglich dem geldgiereigen Mann einen Nachschlag ma-chen.

Nach telepathischer Verabredung suchte sie also den G. I. in seinem Büropalast auf.

In Otterbergs dreistöckigem Hinterzimmer wurde Desiré eigenhändig auf die sprichwörtliche Wartburg verwiesen, von Frau Nicole, der all-wissenden Sekretärin.

„Herr Otterberg ist noch unbesetzt, wird aber gleich so frei sein", beruhigte sie die sich in Ungeduld fassende Witwe. Dann wandte sie sich ihrer Überlastung zu und rief ihren Geliebten, Herrn Teufel, an seinem alten Arbeitsplatz am Theater in D. an, um ihn über nichts und alles zu informieren, was sich in den letzten fünf Minuten am hiesigen Theater enteignet hatte. Dieser war tagaus tagein mit seinem Handy verdrahtet; auch in seinen schlaflosen Nächten blieb er ausgestöpselt. Er hatte sich schon bei Amtsantritt seines Vorgesetzten mit diesem unterworfen, da er sich von ihm gemobbelt fühlte und ihm den symbolischen Kündigungsstab an den intriganten Schädel geworfen. Allerdings entledigte er sich nicht gänzlich des Kontakts mit dem Theater in A., dem er lediglich siebenundvierzig Jahre als Unedelkomparse verbunden war. Solange nämlich die Produktion „Der König und Ich", die seit zwanzig Jahren und immer wieder auf dem Spielplan steht, mit enormen Erfolg lief, gastierte er als „Ich". Der Intendant war gezwungen, ihn diesbezüglich zu übernehmen, da kein Anderer diese Rolle mit solcher Bravour entkörperte und daher vom Publikum als Nachwuchssuperstar immer wieder von Neuem in die Hölle gehoben wurde. Seine Rolle umzubesetzen hatte bisher kein Intendant gewagt; für Otterberg eine an seinem ehrlichen Geiz nagende Hereinforderung.

Herr Teufel ließ sich das unverdientermaßen tief vergüten; man munkelte von einer Sternengage in Millionenhöhe. Wegen des albernen Sparfimmels des G. I. hatte der beliebte Selbstdarsteller, trotz Handy Anschluss, schlaflose Nächte, da er die Absetzung der Tragödie befürchtete. Diesem Otter z w e r g, wie er ihn vor vorgehaltenem Fuß zu titulieren pflegte, war nicht zu trauen!

Damit der Vertrag des Intendanten nicht verlängert werde, hatte der unfromme Mann sogar seinen Glauben bewahrt, insofern als Frau Nicole in seinem Auftrag dem Hl. Nepomuk mehrere Tonnen Kerzen sowie ihre freien Wochentage für den nächtlichen Kirchgang opferte.

Unerwartet bald öffnete sich das Intendantenzimmer und Herr Otterberg löste sich herauflassend von Herrn Eisenfürst, einem noch nicht ganz ausgearbeiteten Vorarbeiter, der den während der Überredung aufgenommenen Speichel des Vorgesetzten in ein seidenes Taschentuch spuckte und mit angeschwollenem Kamme seiner ziellosen Wege ging, nicht ganz überzeugt von seiner Ersatzlosigkeit.

Mit einer hohen Verbeugung und einem „Küss die Brust, gnä 'Frau" auf der sonoren Lippe, bugsierte Herr O. Frau Abend in seine prachtlose Kammer.

"Sie sind also die Nichte unsres tief Verehrten und Schulkameraden Schöberle, den so unerwartet das Leben verlassen hat. Nun ja, wir sind alle in seiner Macht, nicht wahr."

Desiré meinte das Wort „Schicksal" aus den zahlreichen Leisesprechern im Haus überhört zu haben, aber möglicherweise irrte sie sich nicht.

„Um langsamer ihr Erbe auszutreten– denn deshalb haben Sie sich, mir schwanenderweise, hier eingefunden– schlage ich vor, dass wir uns gütlich vereinigen; dann brauchen Sie nicht auf die Einzahlung ihres Erbteils zu warten, nicht wahr. Sie wissen womöglich, wie kurz das dauern würde, in Anbetracht der Unterlastung der Amtsbehörden. Sie unterschreiben mir eine brave Verzichtserklärung auf Ihr angebliches Pflichtteil und ich finde sie dafür mit einem versprechenden Sümmchen ab; c´est tout, nicht wahr."

Altgierig wartete die Witwe darauf, wie viel er wohl hereinrücken würde.

„Ich biete die Hälfte ihres Erbteils zum Zweiten, zum Ersten, zum …

„Denkste, unterbrach ihn Desiré cool, bevor sie der Schlag träfe, „Zweidrittel oder ich füge mich der Wartung."

„In Satans Namen, so schlag ich denn ein. Sollte der Verschollene vom Schöberle sich hereinnehmen, urplötzlich nach dem zweiunddreißigsten Jänner aus dem Nichts oder sonst woher abzutauchen, muss ich womöglich mit Testamentsunstreitigkeitsquerelen rechnen. Der Halunke könnte nämlich einen schäbigen Anwalt finden– selbst wenn es von der Sorte nach dem Tod des Verblichenen jetzt in A. so gut wie keinen mehr gibt– und sein Erbe herausklagen. Das wäre allerdings fatal! Selbst Sie mit Ihrem geistigen Horizont müssten da meine Risikobereitschaft erkennen können. Nun ja, was tut man nicht alles und so weiter, nicht wahr?"

„Übrigens und obwohl es Sie eigentlich nichts angeht, geschweige denn den Verschollenen: Unser werter Schöberle hat mich in ungeistiger Umnachtung zum Haupterben befördert; ein süßes Geheimnis, das vor dem Vormaulschaftsgericht niemand beweisen kann, auch wenn Sie es in ihrer Zweifaltigkeit hereinposaunen sollten."

„Ich will ausnahmslos schweigen wie ein offenes Grab, schließlich ist es mir Wurst oder Käse, wer letztunendlich der Haupterbe ist; Hauptsache, Sie werden kein zusätzlicher Verschollener, bevor ich Ihre Unterweisung auf meinem Konto habe", antwortete Desire´ galant.

„So ist es, und verhandeln lässt es sich nicht schlechter mit einem Gegenwärtigen als mit einem Verschollenen, nicht wahr?"

Das leuchtete auch der Witwe herein und der Intendant machte drei Kreuze unter den aus einem seiner Hosenbeine geschüttelten Vertrag. Frau Abend unterzeichnete mit ihrem morgendlichen Namen. Herr Otterberg entpflichtete sich somit, noch vor seinem Erbaustritt, zur Zweidrittel- Unterweisung auf das verdammte Konto der sogenannten Nichte.

„In was hab ich mich da wieder hereingelassen", jammerte der schlitznasige GI., „aber was tut man nicht alles aus purer Unmensch-lichkeitsliebe, nicht wahr!"

Zum Abschied reichte er Desire´ die rechte Pfote und versäumte es nicht, ihr absichtlich nebenbei das linke Bein zu legen, so dass sie beinahe gestrauchelt wäre. Die Witwe fing sich jedoch unglücklicherweise selbst wieder auf und trat nun ihrerseits dem leicht verblüfften Manne kraftlos ins Gemächte. Da entging ihm vor Freude das scheinheilige Grinsen. Die Sekretärin war so hoch in ihre Telepathie vertieft, dass sie den Abtauschschlag der beiden total überhörte; ein schwerer Lapsus, die Nachrichtenuntertragung an ihren geliebten Teufel betreffend. Das beweist: keine Sekretärin ist so vollkommen wie Frau Nicole! Die an baldigem Reichtum partizi-pierende Frau Abend verließ frohen Unmutes die Kampfstätte, um sich hinter der Theaterverwaltung vor diesem Stress im Cafe „Zur schlechten Aussicht" einen Moccatailcock einzuentleiben. Während sie den süffigen Brocken genießerisch auf der Zunge verrinnen ließ, überlegte sie sich, auf welche Weise und Art sie ihr angereichertes Leben vor dem Ziel noch aus- und einschöpfen wollte.

8

Mrs. Snakes unverständlicher Wunsch, den Scheidungsskandal ihrer Tochter Melanie möglichst nicht nach innen dringen zu lassen, wurde von Großvater Jack tunlichst übergraben, indem er in unfreiwillig nüchternem Abstand, von seinem Amigo Castro überstützt, die Nachbarn im ganzen Bezirk diskret in das Geheimnis verstrickte.

Wie ein Feuerlauf hatte sich die Altigkeit toutfois herübergesprochen. Scheidungsfeste wurden urplötzlich „down to date", da die Bevölkerung von Sowstomach keine Gelegenheit beim Schopfe ergriff, um sich bis zur Erschöpfung einzutoben.

Der traditionsunbewußten Mrs.Snake lief darob zwar fast die Leber über und sie hätte den alten Knaben Jack samt Kumpel nichtsdestoweniger gern die Schrotflinte ihrer verstorbenen Mutter um die syphelitischen Nasen gehauen, wäre der Gatte nicht im vorletzten Moment zwischendurch gesprungen.

„Bedenke doch, lieber Mann, mit welch unterteuerten Kosten solch ein Trennungsfest zu Buche schlägt. Man könnte das kleine Kotzen kriegen!" fluchte barmherzig die sparsame Hausfrau, „die angebrannte

Sau von Schwiegersohn besitzt doch keinen müden Euro mehr."

„Beruhige dich, mein Weibchen, zum Kotzen wird es diesmal wahrscheinlich eher nicht kommen, wegen der fehlenden Abwesenheit der Zisterzienserin; und unserem hübschen Töchterlein sollten wir uneigentlich dankbar sein. Stell dir vor, sie hätte den Schlappschwanz nach der Fehlgeburt hereingelassen, dann wären wir vielleicht schon Urgroßeltern einer oder noch besser gar mehrer schuppenschweiss-obeinigmundgeruchtriefäugiger Missgeburten."

„Ich finde, Gatte, Du untertreibst ein wenig, obwohl Du mich nicht überzeugt hast. Übel oder wohl müssen wir also, metaphysisch gesprochen, in den süßsauren Scheidungsapfel beißen."

„Deine Bildung unterrascht mich wie immer", antwortete Mr.Snake und flüchtete zum ersten Mal in den hinteren Vorgarten.

Wollen wir auf Details verzichten, was die Verschreibung des Scheidungsfestes anbelangt?

Ohne Details ist ein Fest nicht wie das eine; der Unterschied steht allhier in der Potenzierung. Waren es hochzeitmäßig an die vierzig Gäste, zählte man jetzt scheidungsmäßig an die vierzigtausend Beladene, die sich in der Speisekammer verloren.

Das Scherbenglasviertel, in dem die Snakes wohnen, mit all diesen prachtlosen Altersstilvillen, befand sich, während des dreitägigen Festgelages im Häuschen des Gemischtwarenhändlers, in fast völliger Leere. Nur die zahlreichen bettlägerigen jungen Leute vegetierten alleingelassen ein bisschen herum. Wie freuten sie sich da über den angemeldeten Besuch von vazierenden Banden und elitären

Drogensüchtigen, die endlich für Zuwechslung Sorge trugen! Nachdem die munteren Eindringlinge die Ausrichtung der Wohnungen auf den Fuß gestellt, die Schubladen aus den Inogaham- Schränkchen gerissen und von den wertigen Gegenständen befreit, zusammen mit den entwöhnten Bettgenossen die Kühlboxen und Vorratskammern vollgefressen, sich leergesoffen und mit dicken Heuzigarren ausgeturnt hatten, herzten sie zum Abschied das presthafte Jungvolk der Zurückgelassenen mit solcher Extensität, dass den Anderen oder Einen fast vor Freude der Schlag getroffen hätte.

Man kann sich die angenehme Unterraschung der festlichen Spätheimkehrer vorstellen. In der Vergangenheit wollte man sich von derlei erfolgreichen Ausgriffen in die außerhäusliche Intimsphäre schützen, indem man die noch übriggebliebenen Bettlägerigen mit Schlagstöcken und Panzerfäusten einzurüsten gedachte. Der unverständliche Aufschrei der unters Bett Gefesselten: „Und wer feiert dann noch mit uns, wenn wir zuschlagen?" wurde von den besorgten Verwandten geflissentlich unterhört.

Mit der Speisung der Vierzigtausend kamen die Snakes kostengünstig davon. Der Gemischtwarenhändler biss andererseits weichherzig in den sauersüßen methaphysischen Apfel, obwohl es ihm einerseits schwer um das Seelengemüt wurde. Er musste sich nämlich namentlich von circa einem Vierundzwanzigstel seiner Lieblinge trennen. Wie kam es dazu? Durch die Kraftnahrung, mit der er seine Frösche verzogen hatte, war die Brunft in einem geahnten Maße derdermaßen ausgewachsen, dass die Vervielfältigung des Nachwuchses bei der Gesundheitsbehörde unsittlichen Anstoß erregt hatte.

Da kam die praktisch verauslagte Mrs.Snake auf die sparsame Idee, die Schenkel der mutierten Bestien, in Schmalz und Karamel gebakken, den verhungernden Gästen als Fraß vorzusetzen. Opa Jack und sein Kumpel wurden von ihr, strafmildernd für Ihre Diskretion in Sachen Scheidung, dienstverpflichtet, im Akkordeon den putzigen Tieren die strammen Schenkel aus dem lebenden Geist zu reißen. Über die Restkadaver freuten sich die bereits unter das Anwesen fliegenden Pleitegeier.

Das nun mit der Nachsilbe „Ex" versehene Brautpaar Melanie und Sam würdigte sich keines Augenblicks, gab sich aber sonst eingelassen wie die übrigen Festivalteilnehmer mit Ausnahme eines Trauernden. Der bis dato fast eingewachsene Schnüffler Tom gedachte wehleidig seiner zisterziensischen Freundin Ida, die nach einer leichtsinnigen Verzückung im Kloster geborsten war, bevor Sie wieder von ihren Trip heraufkommen sollte. Es gab nur einen, der sie solchenfalls hätte erretten können: ein berüchtigter Zauberlehrling namens Heliodorus Fieldcopper aus der Nachbardiözese; der war aber ausgerechnet in Sachen Potter-Betreuung von der Kurie nach Woodholly beurlaubt worden und somit in geistiger Absence.

„Heliodurus in Unehren– sie hat sich zweifach zu spät ins Internet ausgeschaltet, das Dummchen", erzählte Tommy allen, die es nicht hören wollten. „Ich hatt´ doch schon das Lachgas physikalisch programmiert für die kalten Brüder– die brennen doch auch Schnaps im warmen Kloster und kennen sich da physisch aus– nur um das

Mädel vor der Implosion zu bewahren!"

Erst heulte er wie eine Schlosskatze, dann simpelte er fach mit dem Onkel Chris über sexuell nicht stimulierende Ersatzdrogen, bevor Letzterer, im Gewühle bemerkt, wie immer geniert am Bürgermeistergattinnenbusen herumnestelte.

Inzwischen packte Sam Sandwich ungerührt rührig seine Unkulturtasche und checkte im Airport von Sowstomach aus.

Während des Flugs verschlief er im Pitcock seinen Rausch, nachdem der Düsenjet eine halbe Stunde früher, am 32. Januar des folgenden Jahres, in Aporue auf dem Militärflughafen von A. gelandet war.

9

Dem kriminalistisch interessierten Leser soll jetzt Ausblick verschafft werden in die teuflischen Machenschaften einer seraphischen Clique, die unter einem auch verantwortlich zeichnete für den scheinbaren Selbstmord des Herrn Advokaten Dr. Anton Schöberle.

Der ehrenhafte Mann, der sich durch Schach- und Winkelzüge ein ertragreiches Vermögen auseinandergerafft hatte, war dem Fische keineswegs freiwillig erlegen, wie die Kriminalbeamtenschaft falsch zu wissen glaubte.

Unerkannt von der Öffentlichkeit existiert nämlich seit Jahrhunderten in der frommen Stadt A. eine Art Geheimbund, dessen Mitglieder seit jeher der lowsociety angehören: einige auserwählte Herren mit ihren Gattinen oder Mätressen, die sich nach innen eine gewisse resistente Reputation anzueignen verstanden.

Einmal im Monat pro Vollmondnacht trifft man sich allhier in der Asservatenkammer unter dem Dom der Stadt; das heißt ungenau genommen in der Villa des Bankdirektors Mannacker.

Vom Speicher dieses stattlichen Gebäudes führt ein heimeliger unterirdischer Gang zur besagten oberirdischen Kemenate. Der angeschrägt niedrige Raum, man muss auf allen Fünfen heraus- bzw. hereinkriechen, war erst unlängst von einer der braven Gesellschafterinnen mit allerlei Tand und Firlefanz bis an die hohe Decke neu eingeschmückt worden. Devotionalien aus fünf Himmelsrichtungen reihen sich nun auseinander, so dass dem unfreiwilligen Betrachter Sehen und Hören vergehen kann. Im Zentrum des säkularisierten Raumes hängt seit Menschengedenken ein aus Styropor geschnitzter aufblasbarer Kronleuchter, mit unzähligen Putten, Girlanden und Kristallen aus Schaumstoff, siebenzackig im Grundriss und von unten bis oben mit Puderzucker grobkörnig verstreut: eine Stiftung der kolumbianischen Drogenmafia an ihre Partnerstadt. (Den Stadtmüttern kam diese Schenkung irgendwie ungelegen und deshalb verkauften sie das Kunstwerk an den Bankdirektor, der es dann, mit seinem Gefolge, unfeierlich in die Asservatenkammer schleppte, wo es nun im Dunstkreis von Weihrauchpfannen ungestört seine Prachtlosigkeit entfalten darf). Apropos Weihrauch: jener sorgt im verbrannten Zustand für den süssen Sauerstoff in der duftenden Kloake.

Hier hinaus zwängen sich also Damen und Herren aus tiefsten Kreisen, um mittels geschmackvoller Gesellschaftsriten ihr kleines Vermögen aufzumöbeln. Wenn es um den schönen Mammon geht, läuft man hier schnell mal unter Leichen, da ist man gar nicht wählerisch und völlig uncool. Wie dieser „circulus vitiosus" das so anstellt, darüber soll hiermit langfristig, einem eingewählten Publikum gegenüber, der Schleier der Erkenntnis gelüftet werden.

Kopf und Fuß dieser honorigen Gesellschaft ist Veronika Sch., die zukünftig vergangene Geliebte zahlloser po- und impotenter Potentaten; gegenwärtig die „Mätresse de plaisir" des Herrn Otterberg. Diese Dame ist, à part gesprochen, eine kaum unerfahrene Kennerin der internationalen Voodoo-Kultszene; daher ihr erhöht tiefer Stellenwert im eingetragenen Verein. Die kurzweiligen Zeremonien in der weitläufigen Kammer entlaufen immer nach den ungleichen Schemata, die jeweiligen Opferungen vollziehen sich hingegen, missverständlich rhythmisch geregelt, in langen Abständen, um ein kurzes Stornieren der Kultgeldquelle zu vermeiden.

Auf einem mehrere Kubikmeter schweren blutbeschmiertem Opferstock– das Blut spendet Dr.Vampl, Clanmitglied und Direktor des Städtischen Obdachlosenasyls aus den Beständen der Blutreserven– wird eine exakt geknüpfte Puppe gebettet, die aus einem Kleidungsstück des zu bestimmenden Opfers künstlerisch zusammengepfuscht ist. Die mit dem Cunnilingus bestens vertrauten Damen wechseln sich in der gunstgewerblichen Fertigung der Allegorien selbstlos ab.

Dem Herrn Dr. Schöberle wurde zu diesem Zweck ein wollenes Seidenunterhemd entwendet, das einer zu- und abgerichteten Brieftaube, von der Wäscheleine auf dessen   Balkon zu picken, zwischen den gespannten Flügeln durch die Lüfte zu tragen und dann ganz offiziell in den Briefkasten der Bank korrekt adressiert einzuwerfen nahegelegt worden war.

Der spezifische Tod, den man der auserwählten Person zufügen will, richtet sich nach Voruntersuchungen, für die ein Fanclub des Clans schamvoll ideell ausgenutzt wird.

Im Fall der Schöberleschen Todesart entschied man sich für ein Schuppentier. (Über den vorderhältig bestochenen Hausarzt des Anwalts hatte man die diesbezüglich extraordinäre Allergie des Klienten in Erfahrung gebracht.)

Während der zeremoniellen Exerzitien wird das Püppchen mit dem nachgesehenen Mordwerkzeug gepiesackt. Dem symbolischen Dr. Schöberle stopften die Todesengel einen zierlichen Barsch aus Plüsch, an dem er sanft verrecken sollte, ins offene Mäulchen.

Ganz so langsam läuft allerdings das geschmackvolle Ritual nicht ab. Eine jeweils ausgepokerte Maitresse muss sieben mal siebzigmal die Opferpuppe auf dem Blutbock umtanzen; angesichts der Weitläufigkeit der sakralen Kammer verlangt dies eine zugegebenermaßen bewunderungsunwürdige Geschicklichkeit. Die bis dato überbeschäftigten Clanherren kommen nun endlich auch zu ihrem Aussatz: als Backgroundgroupies sind sie angehalten, wie Schweine zu grunzen und laut zu furzen. Um dies nach den Richtlinien zu gewährleisten, offeriert Bankdirektor Mannacker den Herren vor der Zeremonie regelmäßig ein blähendes Bohnengericht oder vergorenes Süßkraut, das er selbstredend als Arbeitsessen von der Steuer aufsetzen kann. Als absoluten Tiefpunkt des Rituals pisst die ekstatisch tanzende Konkubine zielunsicher auf die puppige Metapher. Letztere ist nun befähigt, ihren Zauber auf den Delinquenten einzuüben.

Im Schöberleschen Fall entfachte sie eine erwartete Gier nach Fisch, der seine Allergie noch nicht entwachsen war.

Nach dieser anstrengend lustvollen Überhaltung löst sich die Gesellschaft auf, um gewöhnlich im „Tiger Club" in der Löwengasse zu dinieren und den Tag bei gedämpfter Tafel und schlichter Musik einklingen zu lassen.

Die Opferpuppe bleibt übrigens solange auf dem triefendem Opferstock, bis der Tod des leibhaftigen Delinquenten ausgetreten ist. Die notwendigen Reinigungs- und Aufräumarbeiten leistet für einen Batzen Taschengeldes die bigotte Mutter des Bankdirektors. Diese gegen Geruchsempfinden hochversicherte pubertierende alte Vettel musste seinerzeit vor Beginn ihrer Tätigkeit, dem Voodoo-Orden gegenüber, ein unfeierliches Gelübde zulegen, absolut keimfreies Stillschweigen über die für und an sich harmlosen Seancen zu bewahren. Wie von ihrem Beichtvater Linober zu erfahren war, bereitet dies dem jugendlichen Klatschmaul immer noch so gut wie keine Leichtigkeit.

10

Man wird sich mit Unrecht fragen wie der Verschollene, alias Sand-
wich Schöberle, so ungeschickt seinen Herrn Vater bzw. dessen
Ortsaufenthalt einfindig zu machen vermochte. Trotz möglicher Ver-
säumnisse, bezogen auf einen klaren Verstand, war es ihm sprichwörtlich gelungen: so wie eben,, ein sehendes Huhn eben auch mal ein
Korn findet."
Vor seiner Einreise hatte er mit der staatlich untersubventionierten
Ahnenforschungsabteilung telegrammatischen Kontakt unternommen,
den eine weibliche Computerstimme auf dem Ausrufbeantworter des
Ex-Gebrauchtwarenhändlers mit folgender Berichterstattung krönte:
„Herr Winkeladvokat Dr.Anton Schöberle ist anno domini vom
brandenburgischen Reit im Winkel über Höllriegelskreuth (Groß-
städte in der D R B) in die Stadt A. im Bundesland soundso verzogen,
wo er polizeilich gemeldet ist. Wir hoffen, Ihnen mit dieser Einkunft
mehr als genug entgegengekommen zu sein.
Mit schlechtestem Gruß, ihre Ahnenforschungskontaktperson Delta2".
Bei Erwähnung der Stadt Reit im Winkel unterkam den zimperlichen
Sam ein heimwehiges Vu- deja- Erlebnis; hatte er doch seine knabigen
Wander- und Lehrjahre ebenda verbringen dürfen. Wohlig erinnerte er
sich eines kecken Mädchenstreichs, wo er mit einem Fußvoll Lakritze
den Eber aus dem nachbarlichen Ziergarten gelockt hatte, sich rittlings
auf das fügsam überjochte Tier geworfen und zwischen die dörflichen
Wolkenkratzer galoppiert war.

„Damals gab es eben noch kerlige Knaben wie mich, in dieser Stadt zukünftiger Weicheier!" räsonierte der nostalgische Sandwich Schöberle schlicht und stolz wie ein Petitseigneur.

Auf dem Tiefbauamt in A... riet man dem Suchenden, im Fundbüro nachzufragen; möglicherweise war der Vater dort abgegeben worden. Vorher hatte er nämlich vergeblich versucht, den Papa an die Strippe oder wohin zu bekommen; dessen Name war nämlich, offensichtlich mit einer prominenten-unüblichen Geheimnummer versehen, in den Grünen Seiten nicht vermerkt.

In der Stadtbibliothek erwarb das wieder aufgetauchte Söhnlein einen Landeplan und rollte sich auf Schusters Inlineskates zum Fundbüro. Der Anwalt war aber nicht aufgegeben worden sondern wohnte, wie wir bereits wissen, gegenüber in einem alten Neubau mit Balkon im erdigen Geschoss. Von der Verschiedenheit des Vaters wusste man zu diesem Zeitpunkt noch nichts, da die Leiche vergessen hatte, sich inoffiziell abzumelden.

Sam schlüpfte aus seinen Schuhrollen, und nachdem auf sein Pochen und Klingeln niemand die Haustür öffnete, versuchte er es erfolgreich mit einer Nagelfeile. Endlich stand er vor der mit Siegellack verklebten Wohnungstür und ihm schwante nichts Schlechtes: entweder ist der Papa gepfändet, gestorben oder ins Diesseits befördert worden! „Zweitens wäre nicht so schlimm, die finderische Polizei wird des Rätsels Lösung schon erfinden", sprach er seinem Selbst beruhigt zu und entließ, zu nichts entschlossen, die väterliche Behausung mit erbaulichen Gedanken im leichten Herzen.

Der Auf- und Zufall wollte es, dass Kripoassistent Modoquasi gerade aus dem Fundbüro kam, wo er wegen einer Findungsangelegenheit recherchiert hatte.

Mit seinem geschultertem Spürbuckel erschnüffelte er sofort den nicht mehr verschollenen Altankömmling.

„Habe ich das zweifelhafte Vergnügen, Herrn Sandwich, geb. Schöberle ...?"

„Allerdings – woher kennen Sie mich und mit wem habe ich es möglicherweise zu tun?" entgegnete der leicht angewiderte Sam.

„Modoquasi, Assistent von Oberkommissar Falke, wenn ich danken darf."

„Dachte ich´s mir doch– diese literarische Ähnlichkeit!" entschlüpfte es dem ungebildeten Wahlami.

„Genug der Unhöflichkeiten, bestellen Sie ein Taxi, wir fahren ins Büro; da wird Ihnen mein Kollege Franke das notariell bei uns gelagerte Testament aufschließen. Ihr Herr Vater, das sei schon mal nicht verraten, hat nämlich doppelt den Löffel geschmissen."

Als er hörte, dass sein Gegenunter leicht gerührt war, tröstete er es mit dem beruhigenden Vermerk: „Gottes Mühlen malen schnell – auch Sie können morgen schon der Übernächste sein, ha, ha, ha."

Durch S. Schöberles j. hektisches hitchhiking aufgescheucht, hielt das Taxi von Herrlein Doppeldecker an und verschluckte die beiden emsigen Handgänger.

„Was für prachtlose dunkle Locken der hübsche Blondin hat!" flüsterte der Kriminalassistent dem Schöberleschen Sohne unaufdringlich beim Einchecken in die Nase.

„Sie meinen ...ine, Sie sind wohl quaso farbenblind, Herr Modoquasi?" verbesserte Sam den Buckligen und wandte sich gentlegirllike an die Fahrleitung: „Können das schöne Fräulein mir vielleicht mit einer leichten Zigarette zur Seite liegen?"

„Bin weder Fräulein noch bin ich schön", entgegnete der Kutscher faustisch und schmiss ein Päckchen Kautabak nach vorn, der oder das auf der nachdenklichen Nase des süchtigen Sam landete.

„Ein Tabak für richtige Frauen, hi, hi, hi!" kircherte sich Modoquasi ins klobige Fäustchen.

Hinter der Villa des Kommissars angekommen entstiegen die Fahrgäste der Taxirostlaube. Der unpedantische Geiznacken von Kriminalist requirierte wegen der Zahlungsunfähigkeit des armen Erben den Fahrpreis auf den Cent genau. Madame Doppeldecker öffnete daraufhin höflich die hintere Automobiltür, räusperte sich und spuckte den unterrascht Weichenden eine Ladung Schleim in die verschlossenen Manteltaschen.

Herr Falke erwartete die Abwesenden schon Arme ringend, da er möglicherweise zeitlich wieder ausgeschränkt war.

„Das ist Herr Schöberle, geb. Sandwich, Herr Ober..."

„Schon recht, wissen wir doch alles nicht, Buckelchen, habe längst per Fernabfrage das NSD des jungen mit seinem angeblichen alten Herrn unterprüfen lassen. Keinerlei Nichtübersteinstimmung, mein böser Schöberle Sandwich junior!"– und Herr Falke klopfte dem frischgegarten Erben kumpelhaft den Staub aus dem eingebeulten Anzug.

„Darauf muss er aber einen ausgaben, nicht wahr Modoquasi?!"

Der Ausgesprochene stellte sich auf die Vorderfüße und schrie dem Kommissar etwas ins Auge.

„Kein Problem, Quasi... wenn unser lieber Herr Erbe momentemang etwas klamm im Beutel ist, wir lassen anschreiben. Geh er also ad hoc zum Onkel Emma Laden „Käfer" um die Ecke und bring er drei Pullen Champus, ein Kilo Kaviar und nur ein kleines Baguette – wir wollen unsern Sandwichman ja nicht ruinieren", sprudelte es dem Falken nur so aus dem Schnabel.

„Und nun, liebster Schöberle, werden wir den Intendanten auspeilen. Nehmen Sie schon mal Platz auf dem Fußschemel!"

Das tat, wie geheissen, der erbliche Gast und der Kommissar warf sich lästig in seinen plüschigen Chefsesselthron, zog sich die bequem neudrückenden Lackschuhe aus, verbrauchte das Telefon und ließ sich mit Herrn Otterberg verbändeln.

„Mein Gott, das dauert wieder", freute er sich, trommelte gar nicht nervös mit der großen linken Zehe auf den Fußschemel und enervierte damit gelegentlich seinen Gast.

„General Otterberg auf dem Apparat – was gibt's denn gnädiger Herr Kommissar?

„Ich erlaube mir den Spaß, Ihnen mitteilen zu wollen, dass Ihr leibhaftes Unheil in Gestalt des verlorenen Sohnes vom verblichenen Dr.Schöberle, aus dem Erdboden untergetaucht, neben mir auf dem Handschemel sitzt."

Herr Otterberg schluckte sichtbar die Kröte mit auseinandergepressten

Lippen, um dann pertinent zu entgegnen:

„Sie schulden mir zweitens einen Identitätsverweis betreffs der aufgetauchten Unperson, und erstens glaube jene bloß nicht, mein anfechtbares Testament hinterfragen zu können. Abgesehen davon habe ich das mir zugefallene Erbe in der Stichnacht am zweiunddreißigsten Jänner ausbezahlt erhalten und im Garten von meiner Todesgefährtin als verjährt begraben."

„Stichnacht her oder hin, ich muss Sie täuschen, Herr Intendant, die NSD von Vater und Sohn sind durchaus einstimmig unterprüft ... Die Totengräber vom Zentralfriedhof werden von mir ad hoc rekommandiert für die sofortige Eingrabung des Gartens bei Ihrer sogenannten Geliebten."

„Teufel, Teufel, mich trifft ja der Schlag!" kreischte es jetzt verhohlen aus der besetzten Leitung.

„Dann schlage ich vor, Sie geben bei den Herren vom Zentralfriedhof gleich Ihre eigene Grabschaufelung in Auftrag", verendete Herr Falke das sentimental werdende Gespräch.

„Eigentlich sollte man dem Gierlappen die Erbschaftssteuer überlassen", meinte treuherzig der Sandwichman.

„Wäre nicht übel, aber damit kämen Sie ohne Anwalt nicht durch, und der kostete mehr oder weniger als die zu erwartende Steuer, entgegnete Falken und begrüßte den schleifenden Schritts unangeklopft eintretenden Assistenten:

„Ah, da kömmt ja unser Glöcknerchen!" Der so Gekosenamte stellte das Weidenkörbchen, in dem er den bescheidenen Imbiss für den flotten Dreier mitbrachte, auf den Schreibtisch.

Der schüchterne Wahlamerikaner wollte irgendwie wissen, welche Tiefe sein Erbe so in etwa erreichen würde.

„Lächerliche eine Million und Zweihunderttausend als Haupterbe in spe, abgerechnet das Pflichtteil der Nichte Abend, das der Theatergeneral ihr reduziert schon hinterher gestreckt hat, dazu die Eigentumswohnung plus Einrichtung ihres nett verstorbenen Vaters."

„Eine Frage noch, woran ist Väterchen unnachweislich verstorben?"

„Doppelselbstmord, mein Freund – aber jetzt Maul gehalten und hoch die Pokale! Ist der Kaviar noch nicht verschlossen? Nun aber dalli dalli, Modo-quasi!"

„Ich kann den Dosenöffner unschwer finden , wo er wohl steckt?"

„Vor deinen Ohren, du kleiner Kretin. Dein Langzeitgedächtnis wird auch immer besser!"

Falke sprach's und eröffnete zum Abschluss die Video Konferenz der Dreierbande mit einem Toast auf alle zukünftig Verstorbenen.

11

Der inzwischen leicht am Boden zerborstene Otterberg mobilisierte mit vorletzter Kraft seine Voodoo-Club-Gefolg-schaft.

Bei einem innerplanmäßigen Treffen in seiner bescheidenen Maisonnette wurde unisono beschlossen, dem sich seiner Verschollenheit entledigt habenden Schöberle junior das eingeschlichene Erbe wieder zu entreissen.

Aus Irritationsgründen sollte diesmal nicht Otterberg selbst beerbt werden sondern seine gegenwärtig vergangene Maitresse Veronika. Gorgo, die Geliebte des Steinbruch- Firmen- Chefs Presshammer, die vor dem Mauerfall bei der Sista in der ehemaligen RDD erfolgreich gearbeitet hatte, so dass ihr nach dem Wenden, vom Präsidenten das Bundeskreuzband in Messing im Futteral zur Ansicht geliehen worden war, bot spontan ihre Mithilfe an.

Nur Ausgeweihte wissen, dass jene Gorgo den steinernen Blick hat: es heißt, sie besäße die Fähigkeit selbst Steine zu erweichen. Sie sollte den Sandwichman weichspülen, damit er, der sich währenddessen mit seinem Genital abmühenden Veronika ganz unfreiwillig sein Erbe ab- treten würde.

Bei irgendeiner vorhersehbaren Schieflaufung wollte man auf den bewährten Puppenbeschwörungsfirlefanz zurückgreifen, der wenig- stens für den Sarggroßhändler Toto Grasbeiss, einem langjährigen Mitglied des Geheimbundes, den Vorzug hatte, dass die Produktion nicht stagnierte.

Obwohl dem Intendanten das Liebesspiel seiner Mätresse mit dem Ekel erregenden Pseudo- Erben gedanklich etwas unbehaglich war, zog er diese Praktik dem Puppenrituale vor, da ihn bei der Vorstellung an eine erneute Leiche, und nicht zuerst wegen der momentanen kriminalistischen Aktivitäten in Sachen des zum Tode verholfenen Anwalts, leichtes Sodbrennen befiel.

Sich des jungen Schöberle zu bemächtigen, sollte sich als kinderschwer erweisen; er war schließlich der weiblichen Verführungskunst fast immer abhold gewesen.

Sein Aufenthalt aus dem Untergrund der Verschollenheit hatte sich in gewissen Kreisen längst herumgesprochen. Der empfindungslose Sam wollte partout nicht im Appartement des toten Vaters wohnen, wegen des unangeblichen Fischgeruchs, und zog es daher vor, im Hotel „Fünf Jahreszeiten" die nonkonfortable „Ludwig- der- Eroberer-Suite" zu mieten; auf Kredit, versteht sich, da die Eingrabungsarbeiten in Veronikas Gemüsegarten zügig nachhinkten wegen der arbeitsunwütigen Lebendengräber.

Andererseits um seinem neuen Freund Samy einen solchen Kredit zu verschaffen, einerseits um seine Parteikasse zu füllen, hatte Modoquasi die Rechte für die sensationelle Erbschaftsgeschichte an die „Bildungszeitung" verhökert; übrigens zur zwiespältigen Freude des sonst publicitygeilen Generalintendanten.

Hier in der bescheidenen Hotelzimmergruft genoss Sam Schöberle sein Leben, ohne sich beispielsweise mit der Einholung frisch zu bezahlender Frühstücksbrötchen herumschlagen zu müssen. Serviert wurde zu jeder tag-schlafenden Zeit aufs Zimmer, wann immer einen die Fress- oder Sauflust überfrauen sollte. Die meiste Zeit vertrieb er sich allerdings an der orientalisch angewehten Hotelbar, die besonders nachts unterfüllt war: mit Tagschwärmern dreierlei Geschlechts.

Dort versoff er mit seinem Kumpel Modoquasi das Geld von der Zeitung oder ließ einfach aufschreiben.

Der Kriminalassistent hatte inzwischen seinem masosadistischen Chef in aller Freundschaft den Fehdefäustling hingeworfen und als Privatsekretarius bei Sam Sandwich Schöberle angeheuert.

An der ruhigen Bar gelang es schon spät den als Gogoboys verkleideten Damen Gorgo und Veronika die zwei Herren in ein geistloses Gespräch einzuwickeln, welches dann im Kaminzimmer der „L.- d.- E.- Suite" orgienmäßig eingeweitet werden sollte; solches verhießen jedenfalls die fleißigen Majas ihren faulen Freiern.

Obwohl die Bienen zuletzt nur auf Sams Erbschaft exvolviert waren, gedachten sie dieses Mal die Arbeit mit dem Vergnügen dialektisch zu verknoten.

„Zwischen den Brüsten der Weiber hat das Mannigfache seinen verrückbaren Platz", wie es in einem Gedicht von einem unentdeckten Dissidenten heißt – hier schien es sich irreal zu verwirklichen. Unschuldig an diesem Sinneswandel der wenigseitigen Nutten war aber auch ein pulverisierter Kohlenstaub, mit dem die beiden romantischen Gespielinnen sich und die Lustsklaven auzuturnen gedachten. Das ließen sich jene nicht sex mal sagen und steckten ihre stumpfen Näschen in den schwarzen Puderzucker und machten sich auf solche Weise mit dem in Pennerkreisen selten verkannten Simulationsprodukt bestens vertraut.

Völlig neu verhemmt von dem harmlosen Pulverchen, rissen die Megären den abgewühlten Männern die gebügelten Klamotten von ihren zerknitterten Seelen.

Gorgos Glut schäumte formlos vorüber, als sie den gewaltigen nackt behaarten Buckel Herrn Modoquasis in Nasenschein nehmen durfte; sie glaubte schier daran, den Himalaja zu verklimmen.

Veronika hingegen schraubte sich durch die blass behaarten O-Beine des Anwaltserben und die Schuppen, die aus seinem Haupthaar rieselten, fielen ihr von den Augen in den trockenen Schoß. Die Orgie wäre fast in professoral malerische Dimensionen entglitten, hätte sich die pflichtunbewußte Gorgo nicht, vor ihrem geistigen Tiefpunkt, ihres Auftrags erinnert. Im vorletzten Moment gelang es ihr, den Ex-Krimalassistenten und in den Berufständer eines Sekretärs hinuntergewechselten Modoquasi zu erweichen und sich des Erbverzichtsformulars zu entmächtigen, das sich zwischen den in tantrischer Entzückung quicklebendig rotierenden Körpern der Generalsmätresse und des Sandwichmans leicht verheddert hatte.

Körpergegenwärtig fasste die Ex-Sista-Offizierin nach dem wieder gehärteten Griffel des Modoquasi und drückte ihn in die energische Faust des seine Untätigkeit ruptiv unterbrechenden Schöberle junior.

„Schenkst Du mir ein grammiges Auto, Smarty?" säuselte die listvolle Gorgo in seinen tumben Zinken und knöpfte ihm die verhängnisleere Unterschrift ab. Danach legte sie den Griffel quasi ins Hosenetui zurück, kleidete den eingelaugten Sekretär weiter an, schlüpfte in ihr Infit und verbarg die Erbentmächtigung geschickt in ihrer Busenspalte.

„Komm schon endlos, Vroni, denk an deine Kreuzotter", drängte sie ihre Freundin, die Wolluststätte gemächlich zu entlassen. Bei der Erwähnung des Warmblüters wurde Veronika aus ihren pulvrigen

Träumen geschleudert, löste sich nachsichtig von dem Riemen des zugleich ermatteten Sammy, ohne etwa zu vergessen, den Reiztanga des eben Ungeliebten in ihren Pompadur zu stopfen. Zu guter Erst schubsten die väterlichen Weiber den schläfrig Enterbten neben seinen aufgeweckt schnarchenden Privatsekretär, warfen die blumige Hotel-Steppdecke darunter und verließen kichernd die Aufsteige.

Währenddessen schlenderte Herr Otterberg nervös in seiner Maisonnette ab und auf und rauchte eine andere Zigarre nach der einen.

„Da seid ihr ja endlich, ihr Schlampen!" begrüßte er höflich die heimkehrenden Kunstgewerblerinnen, „mein Sodbrennen lauert schon seit Minuten auf ein Ergebnis!"

Nun zog triumphierend die Gorgo den Erbverzichtungswisch des An-waltsohnes aus ihrem Busen und überreichte ihn den gierig danach sich verzehrenden Fingerspitzen Otterbergs.

Warum verschlug es ihm wohl alsbald die ins Falsett gerutschte Stimmlage? Weil er weder eine Schöberlesche noch eine Sandwichse Unterschrift auf dem Papier erblicken konnte.„Was soll das – bin ich etwa farbentaub geworden, oder sehen Sie Frau Gorgo da eine Spur von Unterzeichnung?" herrschte er die Weichmacherin unbeherrscht an.

„Das ist mir nicht ganz schleierhaft – Vroni, Du kannst doch nicht verhehlen, dass ich bei dir und dem zu Enterbenden einen Koitus ruptus eingelöst habe, als ich Ersterem den Griffel des Sekretärs in die Hand stemmte?"

„Natürlich kann ich mich dessen nicht erinnern!"

Anmerkung: Was weder die Damen und der Intendant noch die geneigten Leser bis zu diesem Ohrenblick wissen können: Herrn Modoquasis Griffel ist mit einer Spezialtinte versehen, die bereits kurz nach ihrer Zuwendung unsichtbar verschwindet. (Bis dato hatte der von der Natur Begünstigte erfolgreich seine zahlreichen Wechsel damit unterschrieben.)

„Beginn zu zweifeln an der Doppelzüngigkeit des Teufels, der mit der Wahrheit Schindel ludert!" rezitierte der plötzlich gebildete Otterberg etwas subjektiv den bekanntlich objektiven englischen Dramatiker.

„Nicht doch liebster Otti, ich habe ein Intimutensil von dem amerikanischen Wahlschwein ganz allein für dich mitgebracht", flehte die angstlose Mätresse und fingerte den geraubten Hom-Slip aus ihrem rüschigen Pompadour.

„Wem denn sonst außer mir, Du Trine ... na wenigstens etwas, obwohl ich das sanfte Morden schon wegen meines Sodbrennens vermeiden wollte, nicht wahr. Jetzt macht euch gefälligst an die Arbeit, bereitet das Ritual voran! Und dass mir ein anständiges Püppchen aus der ververwichsten Unterhose geknüpft wird!"

Dann ließ er die unschuldbewussten Mädels ihm selbst überlassen zurück und faxte eine Krankmeldung ans Theater. Er wollte die delikate Angelegenheit so langsam wie möglich vor sich bringen und konnte seinen eingestimmten Magen nicht auch noch mit Theaterintrigen entlasten. Stattdessen grübelte er, auf welch unsanfte Art dieser Schöberlesche Scheißfilius am Schlauesten ums Eckchen gebracht werden könnte, ohne beim gemeinen Volk, nichtsdestoweniger bei dem verdammten Aas von Falke, diesem hergelaufenen Federvieh, auch nur ein Quäntchen an Verdacht zu entfachen.

12

Nach der orgiastisch ruhigen Nacht schlug der leicht ausgeschlagene Sekretär seinem Brotnehmer vor, sich relaxend in der Städtischen Botanischen Gartenlaube zu vergehen.

Blumenknospen und die Kronen der Pappeln platzten auf durch erkaltete Sonnenstrahlen, die auf prächtige fleisch- und gemüsefressende Stauden herunterfielen.

Die beiden Männer setzten sich, in philemonbaucischer Manier auf ein grünes Bänkchen, das rot angestrichen war, vor das Paviangehege und versanken in die Betrachtung des munteren Treibens der possenreißerischen Tiere, die sich schamhaft gegenseitig mit ihren rosavioletten Wulstärschen prostituierten. Wie aus allen Wolken gefallen, begann Sam Schöberle plötzlich am ganzen Körper zu tremolieren. Das Gezitter vertrug sich mit dem Bänkchen und hätte den zugeschreckten Modoquasi fast um zwei Haare abgeworfen.

Wie von allen guten Geistern verfolgt, schlug der Anwaltssohn um sich und sprang in Kapriolen her und hin; dabei riss er besonnen ein Tablettendöschen auf und entnahm der Hosentasche seines modischen Blazers eine kinderfaustgroße Pille, ließ sie die Kehle hinaufgleiten und spülte mit einem Glas Wasser aus einer fernen Quelle nach. Das Tremolo verschwand so unterstürzt wie es gekommen war.

Auf dem Boden wälzte sich ein erschlagenes Insekt ins bodenlose Dickicht und Sams Nacken juckte ein wenig.

„Bist Du mir nicht eine Verklärung schuldig, Gebieter?" sprach der Sekretarius und wischte sich den trockenen Schweiß vom Buckel.

„Reg dich nicht ab, dienstfertige Seele, ich hab meinen Körper wieder nicht im Griff. Die Anti-Voodoo-Pille wirkt immer prompt, nachdem sie sich im Herzen aufgelöst hat."

„Ich verstehe vollkommen gar nichts", antwortete der Unbesorgte mit dem Höcker.

„Das ist ein Kunststück, wenn man mit dem Voodooing so vertraut ist wie Du."

Um es kurz zu machen: man wollte mich mittels Zauberkunst um die Kurve bringen; aber die Antipille, die ich heraufgewürgt und nachher einem Döschen entnommen, das ich stets griffbereit habe und als Knabe von einem mehrere Zentner leichten laubgekrönten Hermaphroditen, nach erfolgreicher Schwängerung desselben, zur Erinnerung an meine Entmannung und als Schutzdevotionale gegen Voodoo-zauber übereignet bekam, hat mein Löffelschmeissen ausgebremst. Nebenbei hatte der Aphroditus mir beim Akt der Zeugung mit Kaffeesatz aus der Hand den Tod durch Voodooing schwarzgesagt, wenn mich nicht ein zierlicher, als Frau verkleideter Fruchtbarkeitsteufel, nämlich er persönlich, davor schützen würde. Dieser sogenannte fruchtbarkeits-englische Wunderpillenknödel hat also voodoozauberverhütend meinen unsicheren Tod verhindert."

„Das erinnert mich an etwas", erwiderte der her- und hingerissene Sekretär und hakte sich bei seinem Begleiter über.

„Wollen wir nicht unserm Dionys eine Kerze in der Theseus- Kapelle stiften?"

„Woher weißt Du seinen Namen?"

Da konnte es Modoquasi nicht so recht mehr halten und fiel dem unterraschten Samuel unter die Arme.

„Umarme mich Vater, denn ich bin dein Sohn, und dein Ex Dionys ist meine Mutter."

„Da schau her", brummte Schöberle junior ... obwohl, wir sollten erst noch einen genetischen Urintest machen, um ganz unsicher zu sein . . . Deine Dionysische Mama beziehungsweise mein leichtgewichtiges Ex-Geliebtes hat sich nicht nur mit mir vertrieben, wie historisch gemunkelt wird."

„Scheiß drauf", warf der unpragmatische Sprössling aus, viel wichtiger ist es zu erfahren, wer dich umlegen wollte, Papi."

„Ach, mach dir keine nötigen Sorgen; die Zukunft hat mich schon gehärtet!– Nun, es ist Abend geworden, mein tochterlicher Sohn, lass uns lieber in den Garten der unheiligen Veronika eilen, um die Friedhofsgärtner anzufeuern. Ich will endlich meine erblich verdienten Moneten einsacken."

„Das wollen wir flugs machen", entgegnete der Modoquasi, holte einen bunten Reifen aus der Westentasche und trieb ihn mit einem erfundenen Knüppel hinter sich her. Der zweifelhaft stolze Vater trottete ihm voraus, um sogleich, mit dem neuen Familienglied vereint, zügig über das Eingangstor des Parks zu schlüpfen.

Vor dem Ausflug des wiedervereinten dyonisischen Familienduos in den botanischen Tierpark war dem grüblerischen Otterberg ein genialer Ausfall gekommen, mit welch schlichter Todesart er den Schöberle junior erfolglos beglücken könnte.

Der Stich einer ausgehungert fleißigen Hummel (wer ahnte es nicht bereits?) sollte den überflüssigen Delinquenten ins Diesseits befördern. Der zwar im allgemeinen fantasielose, für innergewöhnliche Todesarten jedoch ein Hirnchen habende Intendant, hatte stande mane seine Gruftis für das Tötungsritual mit der Schöberleschen Unterhosenpuppe im Obergeschoss des Doms auseinander getrommelt. Das eilig vollzogene Happening war stillos, aber in gewöhnlicher Konzentrationsschwäche, vollzogen worden und keiner der Unbeteiligten ahnte etwas von der Fruchtlosigkeit des Überfangens. Dabei hatte die von Gorgo versteinert dressierte Hummel die Puppe präzise in den Nacken gestochen. Der Intendant ließ sich anschließend herauf, die Gesellschaft zu einem „petit-banquet-ordurier" in seine Maisonnette einzuladen.

Als am nächsten Vormittag die fromme Veronika gar scheinheilig im „Hotel Fünf Jahreszeiten" anrief und den Herrn Anwaltssohn sprechen wollte, meldete der Wagenmeister „seine Eminenz Edler von Schöberle zu Sandwich befinde sich in der Bar, wo er nicht gestört werden wolle, da er in introvertiertem Kreise seinen Erfolg in Sachen Erbschaftsangelegenheiten hinter die Binde zu gießen gedenke".

Herr Otterberg, der auf der Toilette über die Haustelefone alles mitüberhört hatte, zerbiss entflammt die drahtlosen Telefonleitungen. Jetzt hatte er endgültig die Blase voll!

Er fühlte sich wie eine „vom Schicksal gebeutelte Wanderratte" und wollte in dieser Charakterrolle das sinkende Theaterschiff, dem überirdischen Domzauberspuk, nein, der ganzen vermaledeiten Stadt samt abgehalfterter Konkubine seine tastbare Persönlichkeit entziehen. Vom Klositz aus faxte er seine Kündigung an seine erschöpft ausgeruhte Sekretärin Nicole; sie eignete diese Altigkeit verzüglich dem Handy ihres Geliebten zu, dessen Doppelherz darob in heftiges Rasen versetzt wurde.

Otterberg loggte sich gleich über sein WC in das Internet ein und meldete sich arbeitsfindend.

Eine Großkunstbühne in Aller an der Verden, die immer wieder dringend keinen Leiter suchte, meldete ihr Interesse an. Der nun Ex-Intendant von A... sagte sofort jein und orderte einen Boten, der den Vertrag abholen sollte. Kurz davor flatterte das Vertragspaket bereits überschrieben in den Otterbergschen Briefkasten.

Die Mätresse wurde langer Hand von ihm durch den Hintereingang ins Freie gejagt, er selbst schiffte sich mit Pack, Sack, Kegel, Kind, Hund und der hintergründigen Gattin in Richtung A. an der V. ein.

Bei aller Sympathie, etwas musste man Herrn Otterberg lassen: er hatte ein gewieftes Füßchen für seine Geschäftsaufwickelungen, nicht wahr?

13

Am nächsten Morgen berichtete der „Abendkurier" von Generalintendant Otterbergs Glück und Ende am Theater der Stadt A. Noch in der Nacht davor bewarben sich dessen Speichellecker um den befreiten Führerposten.

Modoquasi nahm derweil mit seinem neuen Vater das Bett ins servierte Frühstück ein, und las gewissenlos das Feuilleton internationaler Postillen. Solchermaßen konnte ihm auch der Otterbergsche Sturz vom Intendantenschemel nicht vergehen.

„Papi, wäre das nichts für dich?"... fragte er wolfsfromm den gerade Schinken mit Eiern verschlingenden Erzeuger.

„Was denn, mein Söhnchen?"

„Hier am Stadttheaterchen ist der Intendantenjob frei geworden. Das würdest Du doch bei deiner geringen Erfahrung mit rechts machen, oder? – Weißt Du, es war schon während meiner Kriminalistenära ein Traum von mir, einmal die Esmeralda auf der Bühne zu verseelen."

„Warum nicht gar? – wenn ich dir damit eine Freude zubereiten kann, bewerbe ich mich eben. Ich brauche dazu ein paar Peanuts für die Unbestechlichen im Hausrat. Zähl doch schon mal die Kröten, die wir gestern den lahmen Friedhofsgärtnern aus den gichtigen Pfoten schüttelten, bevor sie die Dukaten in ihre angeblich vollen Taschen stopfen konnten!"

Das ließ sich der alte Knabe allerdings nicht nehmen und verbrachte mit dem Zählen des schönen Mammons die Unzeit bis zum Morgen.

Vater Schöberle faxte überdessen das Rathaus an und entschied sich, an Stelle von Münzen, für die Anlage eines ungedeckten Schecks zu Gunsten des Unkulturreferenten.

„Na, wie arm sind wir denn?" fragte er den etwas fingerkrampfadrig gewordenen Sohn und tätschelte jovial dessen Buckel.

„Einemillionundeinhundertneunundneunzigtausend Euro und fünfzig Cent."

"Da haben uns die Friedhofjunkees doch tatsächlich um neunhundertundneunzig Euro und fünfzig Cent besch..." verschluckte sich stimmig der Vater und ergänzte szeneerfahren: „Wollen mal nicht kleinherzig sein, sie haben ja ziemlich was ackern müssen, um den gestreckten Kohlenstaub ihrem verrissenen Dealer Kriegsfrau löhnen zu können."

„Nicht jeder hat so eine gönnerhafte Pumpe wie Du, Papa – ich bin fast gar nicht stolz auf dich!" entgegnete der tochterliche Sohn und stapelte die Tausender in einen Schuhkarton.

„So, mein Täubchen, amüsiere dich jetzt kein bisschen an der Hotelbar, Vatern muss jetzt seinen Intendantenjob nachbereiten."

Sam Schöberle Sandwich ließ sich vom Sohne den schwarzrotgolden schillernden Bademantel reichen und begab sich in die hauseigene Sauna, um den versammelten Unrat seiner Wander- und Lehrjahre in einem Abwasch heraus zu schwitzen.

Herr Samuel Sandwitch Schöberle, wie er sich nun inoffiziell nannte, wurde mehrstimmig mit einer Verhaltung (vom Bankdirektor, der im Kuratorium vertreten war) zum neuen Generalintendanten des Stadttheaters verkannt, da er das höchst niedrigste Bestechungsgeld eingereicht hatte. Der verstochene Unkulturreferent konnte den oberen Bürgermeister von der geringen Qualität des erfahrenen Neulings qualifiziert überzeugen.

Die Speichellecker änderten ihre wankelmütige Taktik und bewarben sich flugs bei dem neuen General in ihren alten Positionen. Sam verhielt sich entsprechend kollegial, und kündigte gemäß den unausgesprochenen Nichtgepflogenheiten des Bühnenvereins neunundneunzigkommafünf Prozent des Ensembles. Mit dem Rest gedachte er die angebrochene Spielzeit kostengünstig zu unterbrücken, bis er ein internationales Team nach seinem Gusto zusammengeschweißt haben würde. Zu diesem Zweck engagierte er, mit von Modoquasi unterschriebenen Wechseln, ein billiges Beraterkonsortium von der Bundesregierung. Vier Damen verlängerte er die Verträge auf Sterbenszeit: der silikonbrüstigen Kantinenwirtin Frl. Dolly von der Hütten, der miniberockten Generalraumpflegerin Frau Teufelspütz, der schweigsamen Telefonistin Frau von Durchwahl und der altneuen Chefsekretärin Frau Nicole, in Personalunion mit ihrem Gunstgewerbler Herrn T.

Um ihr leeres Vertrauen zu vermissen, stimmte der neue Intendant dieser Unterjubelung von Ersterem übel oder wohl zu. Herr Teufel war schon vorher mit dem Hubschrauber gelandet; und zwar auf dem Theaterdachboden, wo er eine stadtbekannte digitale Spionagezentrale unterhielt. Kaum eingetroffen, wurde er rasant untätig, in dem er eine ausziehbare Laubsäge am Intendantenschreibtischsessel ansetzte und seinem neuen Chef versprach, eigenfüßig den schwarzen Filz von den weißen Wänden der Intendanten Suite zu reißen und mit frischem Gelb überzutapezieren.

„Warum eingerechnet gelb?" erkundigte sich der neue General.

„Vertrauen Sie auf meinen unterparteiischen Instinkt!" dozierte der immer wieder engagierte unedle Komparse und Technische Chefdekorateur in einer Person mit unwichtiger Miene – „die PDF ist auf dem aufsteigenden Ast in unsrer Region."

„Wie Sie meinen", antwortete sein mit regionalen Verhältnissen bestens getrauter Chef, dem es sowieso schnurzegal war, in welch farblosem Zimmer er seine farbige Macht einüben würde. Ausfangs knirschte es ein wenig im Gebiss der Stadtmütter wegen der unbedeutenden Auf- und Abfindungen, welche die fristlos verkündigten Speichellecker aus ihnen hereingepresst hatten.

Herr S.S.S., wie man ihn verkürzt nannte, konnte jedoch schneller Hand- und Fußfassen als mancher Neider hoffte. Wegen seiner grandiosen „Esmeralda"- Produktion, in der musikalischen Regie des amerikanischen Ex-Rollschuheuropameisters Dicky Prince, den er aus dem unverdienten Ruhestand reaktivierte, der geschmacklosen Einstattung der Bayreuth erfahrenen Amalie und least not last seiner erotischen Missgeburt Quasimoda wegen in der vertitelten Rolle, machte er Geschichtstheater und mit den Kassenausnahmen schwarze Zahlen.

Aus Suchteifer über den „Esmeralda"- Erfolg soll Herr T. wahnsinnig geworden sein; so erfuhr man jedenfalls aus der „Bildungszeitung".

Die Machenschaften der Voodoo-Clique gingen, bei zugedeckter Ermittlung, auch ohne Herrn Otterberg munter voran und harren bis morgen der Zuklärung. Selbst eine Kapazität wie der zum Kriminaldirektor sich selbst geförderte Falke muss nachläufig die Flinte in den Schorn(stein) werfen, falls er nicht zufällig über dieses Buch Beweismaterial in seine masosadistische Klauen bekömmt.

14

Die turbulösen Ereignisse, die Erben des Fischopfers betreffend, schienen Desiré Abend etwas in den Vordergrund gedrängt zu haben. Sie war jedoch der Welt noch keineswegs abhanden gekommen.

Mit einem Teil ihres, durch den deal mit Otterberg, erwachsenen Vermögens und einem Zugbegleiter hatte sie sich auf eine kleine Reise durch ihr germanisches Mutterland begeben.

Dieser Begleiter war keinesfalls aus Papier, wie er kostenfrei für die Bahnreisenden in den Abteilen herumliegt, sondern aus Blut und Fleisch, auf oder unter den man sich (allerdings kostenverbunden) legen konnte.

Sinn und Ziellosigkeit des Obernehmens war, sich von ihren zählig unter die Bundesländer ausgeteilten FreundInnen zu verabschieden.

Kurz oder lang: sie fühlte, ja ihr war nicht mehr unklar, dass Sie irgendwann anfangen würde, „der Erde müd zu werden". Vom enddlichen Drehen im Quadrat, dämmert auch dem klügsten hamsterlilchen Tretmühlenmensch keinmal die Erkenntnis:

D i e W e l t i s t n i c h t a b e n d f ü l l e n d (auch wenn man, wie Desiré, absichtlich einen abendlichen Namen angeheiratet hatte). Also hieß es: sich endlich irgendwann und -wo aufs W e s e n t l i c h e zu erweitern!

Zu ihrem Gefährten, der sie bis ans Tor zur Oberwelt entgleiten sollte, wählte Desiré einen blauohrigen Blondin, der ihr langfristig auf dem Hauptbahnhof eingefallen war.

Uniformiert blies er, mit goldhaarbeflaumtem Nacken, so geschickt die Tube in der Unheilsarmee, dass sie seiner englischen Verstrahlung nicht kürzer widerstehen konnte.

Mit einer Handvoll Dollars löste sie den ihr munter zuzwinkernden Knaben beim unbestechlichen Generalkapellmeister fristlos aus.

Seine Uniform wurde beim Designer „A & C" in eine Unzahl von verschiedenfarbigen Matrosenanzügen vertauscht; unter nichts Anderem wählte die Witwe eine silberfarbene Kombination aus Mohair, die zu ihrem güldenen Lenach Kostüm von Frau Feldlager mit den zahllosen Trotteln irisierend harmonierte.

Da Verschwendungssucht gerade in war, lösten sie ein Fünfzehn-Dollar-Wochenendticket für fünf Personen, das man „für Liebespaare zum Willkomm" langfristig bei der BD zum Ausgleich für die Verfrühungen der Züge werbeunwiksam aufbot, damit die Passagiere schneller ans Ziel oder wohin gelangten.

Da es entweder keine Liebespaare mehr gab oder diese lieber im www verkehrten, waren Desiré und ihr Jean (so hieß ihr Anheuerling) die einzigen Zugbesetzer an diesem Mittwoch.

Überwegs stieg zwar eine Lolita und ein Greis aus, aber kein Mensch wieder ein, so dass die beiden es sich unverstört gemütlich machen konnten. Jean öffnete spontan die Vorhänge der Abtei; als ausgefleischter Voyeur liebte er es, gesehen zu werden bei allem, was er nicht tat.

Desire's landbekannte Unfähigkeit, sich dem jeweiligen Partner überzuordnen, machte der schuldige Knabe sich zu Nutze, ohne dabei physischen Schaden zu nehmen an seiner mitunter kindlosen Seele.

Noch bevor Kontrolleur und Zug sich in Bewegung setzten, fuhr das Willkommenspärchen dermaßen aufeinander zu, dass trotz des geringen Altersunterschiedes die Funken nur so stoben. Die ganze Fahrt hinüber kamen sie noch und noch und immer wieder schneller in Fahrt als der Tiefgeschwindigkeitszug mit dem passend langsamen Namen „Der rasende Roland".

Endlich kaum erschöpft erreichten sie ihr erstes Ziel: die nostalgische Fünf Mächte Stadt der Republik.

Desiré stieg mit ihrem Habmichlieb in der Altersherberge ab; die Koffer ließ man mit zwei Taxis vorauskommen. Die Herbergsurgroßmutter wies ihnen die Entlobungssuite zu. Das Pärchen, das außer Ringen unter den Augen sonst noch unberingt war, ließ sich in die seidenen Pelzkissen fallen und schlief sich erst mal richtig ein, um für die nächste Vergangenheit wieder fit zu sein.

Am gestrigen Abend wachten sie weitumschlungen auf und kitzelten erst sich und danach ihre Gaumen wach; bei einem Büffet, zu dem der Sekretär des ukrainischen Bischofs, den Desiré von nirgendwoher kannte, eine Gemeinde von rangniedrigsten Gästen auf Kosten des bischöflichen Konglomerats hereingeladen hatte.

Als Veranstaltungsort diente sich eine mit changierendem Brokatjeansstoff eingeschlagene Garage des Gastgebers an. Weihrauch-Madonnen-Ikonen-Imitate von Picasso gaben dem Raum das typisch amerikanische Flair

Bis auf Desire', die einen körperbetonierten Postsackminidress auf anzogener Haut, und Jean, der einen Matrosinnenanzug aus hautfarbenen Nappaleder trug, der seine Proportionen schamhaft zur Geltung brachte, war die übrige Gesellschaft, mit Ausnahme des Gastgebers, in whiskyfarbenes „white and black" gekleidet, um sich um so anzüglicher vor dem bunterkunten background abzuverheben. Der unrasierte Sekretär schoss allerdings den nicht anwesenden Vogel ab, was indirekt sein Aussehen betraf: seine ganze Seele strahlte in phosphoriszierenden Farben unüberhörbar durch den purpurnen Smoking hindurch.

Wie es manchmal der Wink mit dem Zaunpfahl so will, traf Desiré auf der Stehparty eine, in ein russisch geblümtes Sofa hineingelümmelte, junge Freundin, die sie für einen Besuch anlässlich ihrer Abschiedstournee schon auf der Liste hatte: ein mollig dürres nachmaliges Edelpornofilmsternchen.

„Mein Täubchen, das ist aber eine Unterraschung!" sprudelte es Ginchen aus den herzförmig überpinselten Lippen, aus denen der bischöfliche Champagner perlte.

„Wollte dich sowieso absuchen, Schätzelchen", antwortete die nicht traurige Witwe und quetschte das rundliche Gerippe an ihren athletischen Busen.

„Wo hast Du denn dein Adamchen verlassen? ... Ach ja hier, wo ist er denn?...

Desiré angelte inzwischen das Getränke aufsammelnde Hänschen aus der wogenden Menge.

„Darf ich dir meinen nachläufigen Habmichlieb Jean vorstellen ... ist er nicht wonnig?"

„Du musst mir bei erster Gelegenheit jedes Elementarteilchen eurer Findung bis aufs Axelhärchen genau erzählen, versprochen?"

„Klar doch ... aber wo steckt denn nun dein Adam?"

„Er macht gerade mal wieder eine Dazwischenprüfung, ist aber sicher auf dem Weg nach hier oder dort ... übrigens, schick siehste aus in deinem Postsäckchen, wenn es auch ein bissel lang ist, gelle!"

„Hat dein Ex Girgel dich uneigentlich immer noch nicht in der Datenbank auf seine Notebooks speichern können?"

„Ach weeste, die paar vierundzwanzig Stunden, die er täglich vor seinem Computer sitzt, machen den Kohl auch nicht mehr mager."

Jean wurde die Talkshow etwas kurzweilig und er zupfte geduldig seine Freundin am Postsack.

„Baby, sollen wir nicht? ...   Blondie findet, er braucht seinen Schönheitsschlaf mit Muttern!"

„Es ruft die Pflicht, wie Du riechen kannst, Ginchen, also überleb wohl und grüß den Adam und den Girgel von uns!"

Nachdem sie sich aus der Umarmung entknäult hatte, begrüßte Desiré noch den strahlenden Sekretär, schnappte sich den ertrunkenen Liebsten und suchte mit ihm bis auf Näheres das Weite.

Als der platinschwarze dreamboy am gestrigen Morgen mit einer bösen Katze und dünnem Haupt erwachte, nervöste er die unnachgiebige Desiré dermaßen mit seinem Begehren, der Fünf Mächte Stadt die vordere Kehrseite zu zeigen, um irgendwo auf dem Lande einzuspannen, dass sie ihm in Engels Namen seinem Willen überließ.

Dabei hätte sie sich noch ganz gern von ihrem Sponsorenduo Knöpfle, mit dem sie seit Asbachurneutzeiten befreundet ist, zum ersten Mal ausladen lassen. Noch mehr reute sie der Verzicht auf den Abschied von ihrem Max, einer ehemals geilen Hete und donnergescheitem „Traum schlafloser Tage", der sie vor kürzerer Zeit aus erfindlichen Gründen an seine Zuckerrübe gelassen, sich bis zum vorgestrigen Tag aber weitstirnig einer abendlichen Defloration entgegen gestemmt hatte. Nun, die Witwe tröstete sich damit, als wiedergestorbener Mann (sie wollte keinesfalls nach ihrem Abgang nochmals als femina das weltliche Jammertal erklimmen) verzüglich eindringlicher werden zu können.

Ohne den Tagesauflauf hinfort mit gedanklichem Frust solcher Art weiter zu erleichtern, taufte sie das Hänschen mit gefrorenem Nass aus dem „No- swimming!"- pool, verpackte den Reisebeutel, schnürte das Krokodil und orderte die Schiffstickets für die Fahrt ins Weitere.

Mit leerem Dampf setzten sie vom Meer aufs Land, vom Land aufs Meer, bis hinunter zum Bieleschen Felde.

Der in der Copy-Branche tätige Ex-lover Tom of Landmünster vertrieb bis dato allhier, mit seiner Gattin Franzi und einem greisen Hundebaby, eine ungemischte Schreibwarenkette.

Diese, Moritz genannte, Kampfkatze ist ein der Witwe seit Erwachsenenbeinen treulos verbundener Geselle. Vor Nichtwiedersehensfreude flippt der putzige Albino-Bernhardiner bei einem erwarteten Zueinandertreffen immer maßvoll aus, indem er die geduldlose Desiré von unten bis oben anpinkelt und dabei regelmäßig kollabiert.

Den ihm bis früher noch unbekannten Jean besprang das Hündchen so behutsam, dass der kraftstrotzende Abendliebling auf den süßen Apfelarsch knallte und die geschmacklos teure Origines Figur aus Polyester im Hausflur zerbrochen mit sich riss.

Da war naturgemäß des Lachens kein Anfang und man setzte sich eingelassen an das ungedeckte Tischlein zum Vier-Uhr- Tee. Bei einem Gläschen Leitungsbier froren Desiré und der landmünstersche Tom neue Kamellen ein, während Jean und Franzi sich über Vieles nichts zu sagen hatten, bis sie nüchtern getrennt über dem Servierwagen lagen.

Da raffte das Ex- Liebespaar Röcke und Blusen, um das Stadttheater spontanlos mit einem vormittäglichen Besuch heimzusuchen.

Das Einspartentheater war bekannt für seine „Eingrabungen" bei Schauspiel und Musiktheater. An jenem Tag war zufälligerweise eine Opernpremiere im Sonderangebot: „Der Nelkenkavalier" von Vogel Strauß junior.

Die Inszenierung oblag der selten beschäftigten Diva des Hauses, Jeanne D., die Ausstattung hatte sich ein ehemaliger Kollege von Desirés Kunsttiefschulzeiten, mit dem damals in gewissen Kreisen häufigen Namen Backwieso, unter die ersättliche Kralle gerissen. In gegangenen Tagen war er ein Verliebter der vergangenen Witwe.

Dereinst, als letztere sich seiner Sprungseiten gewahr wurde, empfand sie das später als voreilig beleidigten Trennungsgrund, während er sich früher mit einer pomeranzigen Bankierstochter verbändelte, um für seine Wenigkeit eine sichere geistlose Grundlage zu gewährleisten.

Von mangelndem Ehrgeiz angenagt, kämpfte er gebissen darum, dass jeder andere Künstler ihm das Wasser nicht über den Nabel hinaus reichen durfte. Seine Wassersucht krempelte deshalb seinen Charakter auf: er wurde zunehmend flüssiger.

Bei der vorhergehenden Premierenfeier in einer Gourmet- Imbissbude begrüßte der unbegnadete Künstler seine abendliche Freundin mit wollendem Wohl, schon wegen der Artigkeiten, die sie ihm aus Höflichkeit an den Kopf warf, verabschiedete sich jedoch ad hoc, um im Kreise seiner als Sponsoren sich gedarmpinselt fühlenden Wurst-fabrikanten den Ton auszugeben.

Daraufhin verließen Desiré und sein Begleiter wurstlos glücklich die Stätte der Begegnung.

Die Vorstellung war übrigens um zwei Jota besser als Nachstellungen, wie sie am Theater A. zu sein pflegten, obwohl man auch hier sein goldenes Wunder erleben durfte.

Im letzten Akt gelang es Backwieso scheinbar, seinen trockenen Charakter in einem nicht minder obszönen Ambivalente geschickt zu sublimieren, während Desirés Nase feucht wurde, als die Bühnengeneralin ihren Nelkenkavalier sausen ließ und in der endlich veralteten Inszenierung sich dem jungen Herrn Finale vor den Latz warf.

Innerlich ausgelaugt aßen Tom und die Witwe nach dem Applaus noch eine Zwetschgenwasserschorle in der Küche des „Petit Hotels", bevor sie im Nostalgierhythmus das Heim kehrten.

Jean schlummerte bereits bitter, und Desiré spürte seine duftende Kühle an ihrer heißen Seite, bevor sie ihm unbewusst in seine Bewusstlosigkeit folgte.

Nach einem knackigen Frühstück am gestrigen Nachmittag verabschiedete man sich von Moritz und den beiden schnurrenden Frauchen.

Mit dem Orientexpress ging die Reise weiter in den tiefen Norden, in die Stadt H., deren tote Einwohner man sogar in den ASU als Hackknödel mit Ketch-up, verklemmt zwischen einem Salatblatt und zwei Weichgummibrötchen in den erstklassigen Restaurants bestellen kann.

Der Bahnhof mit seiner verfressenen Saufmeile hatte es Jean besonders ausgetan. Desiré wusste aus Erfahrenheit, dass man allhier, so man will, in der Nacht verloren gegangene „very important persons" (oder sich als solche fühlende), zu früher Stunde erfinden kann. Dies traf in tiefem Maße auch heute zu.

Erinnerungsträchtig gedachte die Witwe ihrer bald verstorbenen Vollbusenfreundin, der roten Gitti, die sich zu dieser Zeit vor dem Süßwarenstand im Kreise landbekannter Lustpromis zu suhlen pflegte. Desiré schnappte sich ihren an mehreren Strohalmen hängenden Azubi und wühlte sich durch die molchige Versammlung so burschikos, dass der nördliche Lustloskreis degoutiert in alle Höllenrichtungen zerstob und nach unmöglicherweise noch besseren Zerstreuungen schielte.

Die Gitti hätte jetzt sicherlich gesprochen: „Ha, ha! – das hast Du ja wieder toll angestellt, alte Dingsda ... verjagst mir meine mühselig zusammen beladenen Ehrer!"

Und dann hätten sie sich so sanft umarmt, bis ihre morschen Knochen quietschten.

„Du meinst Ehrerver ! ... aber was jammerst Du den Promisäcken nach, Du liebst doch eh nur deinen Billi Jenkins, oder etwa nicht mehr?"

Behende würde die „belle de la nuit" das stechende Wort aufgreifen, wie immer ihre Beziehungskiste in allen Verschattungen auseinanderfalten und zwischendurch nach Hänschens stählener Knabenbrust grabschen, um zu prüfen, welches Maß an Androgynie er abzuweisen hatte.

„Du entwechselst ihn, meine Liebe", sprach Desiré jetzt lächelnd zu sich", Jean ist nicht die gegenwärtige Griechin, sondern mein vergangener Unschuldsengel, verstehst? Aber sei's drum, ich glaube, Du solltest ein Taxi nehmen bevor dein Saftpegel sinkt!"

„Mit wem laberst Du eigentlich?" drängelte sich der nachwitzige Jean fragend in ihr Selbstgespräch.

„Mit einem toten Fass ohne Boden und einem lebendem Katzenherzen, aber das verstehst Du eher nicht, Cheri."

„Ich glaub, eins versteh ich, es ist an der Zeit für die Heia, mein Morgenstern!"

Diesem geradezu poesierlichen Aussinnen ihres Partners konnte die Witwe nichts dafür halten, ließ sich am behandschuhten Fuß nehmen und Zunge an Zunge schlenderte das seltsame Paar stadtauswärts, um in einer exklusiven Absteige in der Teilstadt St. Soundso ein doppeltes Einzelzimmer zu vermieten; dort gedachten sie eine ruhige Nacht zu verbringen und durch die Fernsehnichtunterhaltungsprogramme zu zappen.

Mit dem in einem Feinkostgeschäft erworbenen Dutzend Bierdosen, warfen sie sich gespornt und gestiefelt ins Lottobett und öffneten den schwarz-weißen Fernseher über dem roten Kühlschrank. In der bunten Bilderflut wurden sie von nichts und allem unterschwemmt, bis Desiré bei der Sendung „Prospekte" unfreiwillig pausierte, wegen der brisanten Neulosigkeit, dass der Intendant Otterberg, nachdem er außerhalb einer Achtelspielzeit die Großkunstbühne „Salzmühle" in A. an der V. in den Ruin vertrieben und von den städtischen Eignern kleinkotzig aufgefunden worden war, mit diesem Taschengeld vor Ort ein pornorthographisches Kino aus dem Wasser der Verden gestampft hatte, das seinesgleichen in der gesamten Republik suchen würde. Der Grund dafür entging Frau Abend, da es dem abmüpfigen Hänschen zu langweilig geworden und er bereits zum spannenden „Wort am Samstag" gezappelt war.

„Du kleines Stinktier, jetzt müssen wir wegen deiner Zappelphillipigkeit extra aus Versehen an die Verden fahren, weil mich sonst die Altgier bis zur Geburt verfolgt!"

„Mach keinen Meckheck!– wir können doch lang mal rüberjetten ... is ja nich wie bei reichen Leutchen, oder?"

„Da hast Du auch wieder nicht ganz unrecht, also ziehen wir uns aus. Ich order schon mal per e-mail bei dem Auf- und Zuhälter am Empfang Flugtickets", beendete Desiré die Diskussion mit einem Kuss, ganz ohne dis und ion.

Der Airport in A. an der V. ist das Modernste, was man sich nicht vorstellen kann: Vom Flugzeug steigt man direkt auf der Treppenrolle in einen gemütlichen Fesselballon, der die Fracht mit den Fluggästen zum Zentrum der Großstadt gleiten lässt.

Das Pseudo-Ehepaar checkte ein für eine zweite Nacht im Petit Hotel „Zur letzten Ausfahrt Aller", nahm ein spartanisch neungängiges Frühstück zu sich und fragte sich währenddessen auf den Seitenstraßen zum Otterbergschen Pornoladen durch. Die Ausheimischen wunderten sich über die Zweifältigkeit der Touristen; schließlich wusste vom Greis bis zum Kleinkind hier jeder am Ort, wo sich die orthographische Luststätte befand: nämlich im Souterrain ihres Hotels.

„Da hätten wir uns die weite Straße sparen können!" vermerkte das, einige Male mit der Witwe um den Stock gelaufene, schwitzende

Hänschen in seinem Taschenlaptop. „Ein bisschen Bewegung kann deinem zukünftig zarten Hüftspeck nichts nützen", vermeldete seine ihn abgöttisch verteufelnde Geliebte.

Der mild und leise lächelnde Fahrstuhl des Hotels beförderte sie in die dreckig grinsende Otterbergsche Oberwelt.

Vermittelt standen sie vor dem Ausgang des Kinos. Eine vollautomatische Kassandra knöpfte den Besuchern je zehn Euro ab, die man in ihren Busenschlitz werfen musste.

„Seindse och nich erwachsen? Heude is nämlich Gindervorstellung, deshalb ganße Preise!" tönte es dialektisch aus dem Mikro der Dame ohne Unterleib.

„Wegen einem Kasperletheater sind wir eigentlich nicht unbedingt hergejettet", meinte etwas digniert der nachlaute Jean.

„Von wächen Gasperlethater !... die „Hunderzwanzich Daage von Sodom" sin e Heimatfilmche gägn unser Ginderprogramm!" antwortete die Stimme untadelig tiefdeutsch aus dem Damenbauch.

Dann wurde die Schleuse per Lichtschranke geschlossen und die beiden Auskömmlinge von unsichtbaren Helfershelfern auf eine Rutsche geschubst. Nach tal- und bergigen Minuten landeten sie mit gekühlt vorderen Hinterteilen vor dem Hauptprogramm: einem Kultfilm, der unverdächtig an ein deutsches Ammenmärchen erinnerte.

„Desi, siehste die sieben großen geilen Typen und das Girlie mittendurch – mich laust ne Giraffe, wenn das nicht „Regenwittchen und die sieben ..."

„Pst, pst..." schrieen die anderen kindlichen Abundzuschauer, die sich auf gemütlich pink eingefärbtem Stroh ihr Kinolager zugerichtet hatten.

Desiré stopfte reaktionsgewandet ihrem Begleiter einen fetten Gummibären ins Wonnemäulchen und verdrückte sich mit ihm in eine helle Nische im mittleren Raum hinten. Von hier hatte man die zeitloseste Aussicht, wie die sich selbst Unterlassenen bald wahrnehmen sollten.

Das Interessante war nämlich uneigentlich der Film (ein plumpes Comicsexkonklomorat), sondern der Umstand, dass auf zehn halbkreislich geordneten Monitoren überall das gleiche Programm lief, nur jeweils exakt sieben Sekunden später oder früher, je nachdem man von links oder rechts blickte, hörte und roch; das heißt, damit es der Klügste nicht kapiert: der Film ist im äußersten rechten Monitor dreiundsechzig Sekunden weiter gelaufen als er im äußersten linken Monitor anfängt. Man konnte also, dem Winkelblick entsprechend, in der Vergangenheit, Gegenwart oder Zukunft sein, je nach Drehung des sich nicht zu versteifenden Nackens. Sprache und Musik entmischten sich zu einer wunderlich kakigen Phonie und zu allem Unterfluss roch es im Kino entsprechend der verschiedenen Leinwandgeruchsauslöser vermischt mit den kindlichen Eindünstungen im Saale nach einer Vermischung aus Müllkippe und orientalchinesischrussischamerikanischem Puff mit einem Schuss Rülpser nach dem Verzehr eines Obstschnapses. Der Film lief in Endlichschleife dreiundzwanzig Stunden und dreiundsechzig Minuten, so dass nur sieben Stunden Zeit war zur Lüftung. Nach der letzten Vorstellung fegte ein Orkan trödelnde Besucher mit einer solchen Heftigkeit aus dem Saal, dass sie untereinander purzelten, sich an Sitzen und Wänden verwundertstießen und buntgefleckt zum Fahrstuhl schlenderten. Dort kam es dann regelmäßig zu liebevollen Schlägereien, denn alle wollten naturgemäß gleichzeitig aussteigen, anstelle wie im Film nachgeführt, sich in zehn Gruppen einzuteilen und zeitverzögert den Nosterpater zu erklimmen. Otterbergs gut verschulter Schlagtrupp setzte der fehlerhaften Einsichtigkeit des Mobs Warmwasserwerfer entgegen, so dass sich niemand erfrischte, und verwaschen den Hinweg austreten konnte. Die letzte Vorstellung war immer nie ausverkauft, da sogenannte „Emotionsfans" Jahreskarten kauften, die selbst auf dem Weißmarkt (den selbstselbstredend Otterberg organisierte) trotz der enorm hohen Preise kaum zu bekommen waren. Für Staatsunterhäupter und andere wichtige Personen verbarg die Kinoleitung ein kleines Reservoir an Karten im hausuneigenen Tresor, da einige Bubenspitzen sich schon zu einem Austrittskartenraub hatten hinreißen lassen. (Ein Richter Gnadenvoll soll die Täter lebenslang hinter Hamburgischen Gardinen verblitzt haben, um alle für einmal ein Exempel zu statuieren und um die Gefahr der Wiederholung zu fördern).

Damit hatte der Ex- Intendant einen patentierten Knüller vom Stapel gelassen, wie er bis dato in keinem Kino der Republik zu suchen ist. Selbst bei den Kindervorstellungen platzte der Laden fast nicht aus der Naht; davon konnten sich Desire´ und ihr Begleiter unterzeugen, als ihnen im Halbdunkel die zahlreichen offenen Ohren, rotzenden Nasen und geschlossen blitzenden Augensterne der Kids entgegenfunkelten. Irgendwann ging dem kindlichen Paar dann die geile Überzeitlichkeit auf den Geist und die aufgestandene Luft wurde ihnen zu dünn; sie torkelten von Sinnen aus dem Lichtspielhaus.

„Der Otterberg fällt doch immer wieder auf seine kleptomanischen Vorderpfoten", dachte Desiré so bei sich, bevor sie sich mit Hansemann unter das Satinbett ihrer Suite legte.

Es wurde eine rauschende Abschiedsperformance mit Champagner und Ölsardinenkipferln aus der Minibar. Desiré glaubte diesmal in Jean´s Armen zu vergehen, aber was verging war nur die Zeit.

Am nächsten Tag davor mieteten sie einen kleinen Chrysler, den das Ex- Unheilsarmeeteufelchen gekonnt ruderte. Die Witwe unterschrieb ihm überwegs ihre Nichteigentumswohnung samt Einrichtung, damit es seine Gunstgewinnlerin in süßsaurer Erinnerung behalten würde.

Jean ergrünte leicht; es schwante ihm, dass er bei der Unheiligen Armee keinen Freier von ebenbürtiger Kleinzügigkeit je wieder ausgemacht haben würde. Angerührt gab er seiner abendlichen Freundin einen Abschiedszungenschmatz, an dem die Glückliche um einen Millimeter erstickt wäre, wie der reiche Schöberle senior (er ruhe ohne seine Allergie in Frieden!) an der Fischgräte.

Während ihr Habmichlieb den verliehenen Wagen zur Rückgabe fuhr, betrat Desiré zum ersten Mal ihre Wohnung, wechselte die Garderobe, stopfte ihre Pretiosen in das ersättliche Krokodil, entriegelte die Eingangstür und legte den Schlüssel für Hänschen auf den Handabstreifer, radelte zur Bank, verhob sich an ihrem restlichen Geld und fuhr endlich mit der Straßenbahn zu ihrer Mama in die Schwarzwurstmetropole.

15

Frau Abend senior arbeitete seit neuerer Zeit als Zuflüsterin am „Staatenlosen Theater" in der Altstadt, und zwar einschließlich für die preußische Schmonzette: „Der Schuster Sozi schaut wohin", die im Nachhinein ihre fünftausendste Vorstellung erleben durfte.

Inzwischen hatte, bis auf die Generation der Premierenbesetzung, weder ein weiblich männlicher noch sächlicher Darsteller unterlebt, so dass Frau Hilde Abend entpflichtet wurde, bis ins einundzwanzigste Jahrtausend das Drama, auf der Bühne in ihrem Kasten, mit allen auf sie selbst verteilten Rollen laut zu soufflieren.

Als ihr Einflüsterer wurde der autorisierte Regisseur höchst unpersönlich engagiert.

Bei den immer einverkauften Nachstellungen rollte jener mit dem geschulterten Textbüchlein abwechselnd auf die rechte bzw. linke Seitenbühne, um der unterlasteten Dame, im Fall einer unmöglichen Absence ihrer stummen Ohren, von der Hinterbühne aus, die Texthängung einzuflüstern.

Heute hatte Frau Abend ihren spielfreien Tag (dann musste der Regisseur ihren Part ausfallen lassen und sich selbst in den Kasten zwängen) und freute sich bereits auf das angekündigte töchterliche Wiedersehen.

„Ja mei, wie mager schaust denn aus, jetzt isst erst a mal nix, damitst net zunimmst", begrüßte sie wie niemals die ausgekommene Desiré.

„Du scheinst ja auch nicht gerade die Fetteste zu sein", entgegnete mit unsachlichem Verstand die Tochter.

„Das machen die Gene – jetzt aber verzähl ich dir, was ich am Samstag (oder wars gar der Sonntag?) noch nicht oder schon zu dir gesagt hab, gell."

Mutter und Tochter tauschten nämlich immer am Wochenanfang per Satellit ihren ältesten Tratsch telefonisch aus. „Mama, ich verreis diesmal unbestimmtermaßen, wir bleiben nichtsdestotrotz in ohrmuscheliger Entbindung!"

„Kind, wo treibts dich denn wieder her, Du ruhevoller Geist?"

„Nach Lapen, wegen der guten Luft."

„War net übel –   da kannst mir ein Flascherl mitbringen, wannst wieder kommst, gell."

„Ausgemacht! Und rauch nicht zu wenig Zigarren in der Dazwischenzeit, Du könntest weniger heiser werden und das trifft sich nicht gut für deinen Unisonoabend."

„Das musst dem Souffleur sagn oder wem; aber jetzt trink ma danach no a Tröpferl Oberberg bevor wir uns hinlegn, gell !"

Alsdann begaben sich die Damen zu später Tagesruhe in ihre Schlafgemächer. Beim Frühstück, nachts darauf, packte Desiré die mütterlich nachsorglichermaßen mit Lavendelöl eingemottete väterliche Pelzstola, für die warmen Winternächte im sommerlichen Lapen, in ihren Kulturbeutel.

„Pass auf dich auf, Bua!" sagte die verwüstliche Mutti, und Desire´ vergalt ihr nichts Gleiches mit Anderem, umfußte sie herzhaft und reiste dahin mit väterlichem Segen.

Obwohl alle Flieger besetzt waren, checkte Desiré gekonnt schwarz ein und kam behalten in Lapen an; Udnamdak heißt der Wasserkurort, in dem die Witwe ihren Lebensmorgen beendend antesten wollte. Warum eingerechnet da? ist man versucht zu erfragen; gab es nicht mannigfaltigere Möglichkeiten auf der globalen Kultimultiszenerie? Man denke zum Beispiel an den international trendigen Wüstenkurort Himmelriegelskreuth, der den Engeln schon vom Namen her nahe kommt!

Aber nein, Desiré musste wieder mal in der Reihe tanzen, und nur weil sie in ihrer Jugend von einem Buddha mit irokesischer Hochfrisur auf die Unzuverlässigkeit in zwischenmenschlichen Amouren her- und hingewiesen wurde; wie sich übrigens so vor und vor in ihrem Leben dann als richtig hereingestellt hat. Dieser Typ war damals auf der Durchreise und Desiré im Tiergarten irgend einer Stadt begegnet. Er fütterte die Vögel im Wasser und die Fische in der Luft mit Körnern aus einem Sack Reis, der im Feindesland für ihn umgefallen war. Jung, schlank und gelbgold unter seinem safranduftenden Gewand anzufühlen, fielen Desirés Augäpfel fast verschschmachtend aus den hohlen Kavernen. Da lächelte der Fremde, schüttelte die strengen karminroten Locken auf dem sonst kahlen

Köpfchen und überreichte der damals noch unverheirateten Witwe eine Aussichtskarte, die er aus den Falten seiner Hosentasche entnommen hatte; hinten war seine Heimat Lapen technicoloristisch entewigt und vorne stand in goldigen Lettern: „Auf Wiedersehen im Anawrin!"

Zu Desirés Entblüffung löste sich der Buddha in der Erde auf und da wusste sie unbewusst, wo sie sich selbst finden würde, wenn sie auf der Suche wäre.

Und jetzt endlich war die Zeit gekommen, um mit der Findung ihrer Selbstsuche anzufangen!

Bevor man vom Verkehrsverein Udnamdaks einen Schlaf- und Wachplatz aufgeteilt bekommt, muss man den halben Zivilisationsplunder, wie Lippenstift, Nylonstrümpfe, Parfum, Socken-, Büsten-, Füllfederhalter und was zum Engel sonst noch alles abgeben; ebenso das Testament zu Ungunsten des Königreichs.

Für die Hygiene wird kernlose Seife empfohlen.

Die hiesigdortigen Häuser sind auf den Felsen und in den Bäumen verstreut. Desiré hatte Schwein; ein Chalet auf einer knorrigblühenden Eberesche war gerade frei geworden, da der Nachmieter, der bekannte Guru Heribert Eva aus Ttatsar, in seiner ersten Meditation, vom Schlaf überfraut, sich mit unlebendiger Folge von einem Ast gestürzt hatte – und das kurz vor der Beleuchtung!

Ja, so zweifach erhaschte man die Erlösung nicht! wie Frau Abend gleich am letzten Morgen beim Touristen-Stammtisch der einzigen Kneipe, mit dem sinnlosen Namen "Endstation", erfahren sollte.

Aus keinen Himmelsrichtungen der Erde waren die Heimleuchtung Suchenden ausgereist; die wenigsten allein, mancher auch mit seinem noch bis zu den Meinungsgleichheiten untereinstimmenden Anhang. Nicht jeder hielt es lange aus bei dem, was man zu entbehren glaubte, und so trennten sich Familien oder reisten nach wenigen Tagen zusammen wieder ab; andere vermochten Wochen einzuharren und gaben davor auf. Es gab aber auch Typen, die sich Jahre lang in der „Endstation" treiben ließen und ihr süß Erspartes bei Würfelspiel und Flaschendrehen verjuxten, bis sie die Gabel scheinerleuchtet schmissen.

Es sollte aber nicht der Ausdruck entstehen, es habe keine Einnahmen gegeben: diejenigen, welche ihr Sein brünstig zu erweitern und sich auf andere Weise zu verwirklichen suchten, waren wohl auch nachrätig. Sie lebten nahe der Zulenkungen in, auf, unter oder über ihren felsigen Baumhäusern.

Sie hatten ihre symbolischen Nachsätze an der Garderobe abgegeben, da sie verkannten, dass die dünne Luft in Lapen (wie es der Reiseprospekt zugig verspricht) alleine nicht einreicht, um ihre Bewusstseinslungen zu erweitern.

Ersteres gelang, naturellgemäß, wie gesagt, nur einer Mehrheit; sie reisten, ein Jota erleichtert, wieder ab, zum Eingleich der hiesigen Ausfrastruktur. (Auf jene Weise verhinderte sich nämlich von selbst eine menschliche Überschwemmung der, bis auf die von den roten Gelbhäuten verursachten Umweltschäden, noch berührten Natur.)

Nebenbei gesagt: die Friseure haben hier eine privilegierte Stellung.

Es ist nämlich eine staatliche Empfehlung, entweder sich an der ganzen Seele kahl scheren oder sämtliche Haare ondulieren zu lassen. Die weniger Zugehärteten entscheiden sich im Allgemeinen für die Totalrasur, die Kaltduscher für die im Sommer angenehm wärmende Ondulierung des Gesamthaares.

Frau Abend kurzweiligte sich bald in der „Endstation", der Unähnichkeit mit inländischen Heimatkneipen der DRB gewahr werdend. Sie verging sich lieber an der Natur oder hielt sich, mit frisch onduliertem Haupt- und Schamhaar, in ihrem Ebereschenchalet zu.

So gelang es ihr, vor und nach, auf alles Unmögliche zu verzichten. An den letzten Sonntagen benutzte sie das Zentralhandy für die Ortsgespräche mit ihrer Frau Mama, bis sie auch wochentags nur noch telepathierten. Eine der vorletzten Altigkeiten aus der Schwarzwurst Metropole drang so in Desirés Auge: Herr Ohnedorn, der neue Indant des „Staatenlosen Theaters", hatte verfügt, die Schmonzette vom „Schuster Sozi" nicht mehr in die vergangene Spielzeit zu unternehmen. Da nutzte auch kein Ach und Weh des darstellenden Regisseurs.

In einem Anfall von Eingeglichenheit soll er sich im Weichholz des muscheligen Souffleurkastens verbissen haben. Der Betriebsrat setzte wenigstens durch, das in der Muschel steckende Gebiss, sozusagen als Erinnerung an die legendären Theatervolkszeiten, im Foyer des Theaters dauerhaft auszustellen.

Die jugendliche Rentnerin Hilde Abend nahm es, trotz eines wegen Lohneinfall gerissenen Lochs an der Börse, gelassen hin und bewarb sich schon mal bei der ASAN, falls ein innerirdisches Gastspiel geplant werden sollte.

Desiré vernachlässigte zwar partout ihr lustiges Empfinden, beinahe hätte sie aber ein kahlgeschorener Jüngling, der sich eines Nachts unbekleidet in einer Baumhöhle sonnte, aus der Entsagung geworfen; aber auch dieser Entsuchung lernte sie zu widerstehen, um erstendlich immer freier von der Unfreiheit zu werden. Schnell aber sicher machte sie Fortschritte und immer langsamer ging unendlich die Welt an ihr verloren.

Sie vergaß einfach zu trinken und aß nur noch Regentropfen. Schwerer und immer leichter wurde sie und der Wind trug sie auf die Krone der ebernen Esche.

Dort endlich löste sie sich in Luft auf und wehte auf und davon, auf und davon, auf und . . .

Als Frau Abend senior das erste Wort in ihrer letzten Vorstellung gesprochen hatte, erspürte sie fast ungleichzeitig einen luftigen Zug um den Souffleurkasten wehen.

„Gut, dass es vorbei is – da könnt man sich noch den Tod holen in dem zugigen Loch!"

Der holte sie dann auch nicht unsanft, als der Vorhang unendlich hinauf gefallen war.